びっくりした……
おまたせ。行こっか
EVE
世界の終わりの青い花

「シスター・ブルー……」

轟音が貨物室に響き渡り、機体に大穴が開いた。

「はぁい。こんにちはー。

みんな大好き
青子お姉さんでーす」

「ちょっ――」

CONTENTS

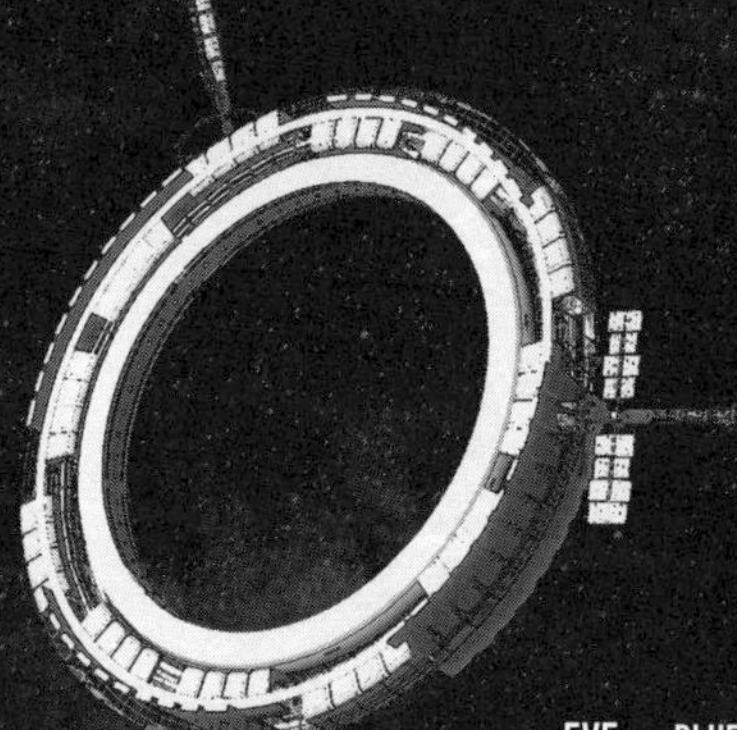

EVE ―BLUEFLOWER'S WORLDEND―

Illustration by Canata Katana

CHRONOLOGY

西暦終期
神学者エリエゼル・ハイデンライヒが過去、現在、未来を記述する神定方程式を打ち立てる。
ヴォルフィード・ソレンセンとラシード・クルダ・シバとともに神定方程式の解を求める演算機作成へ。
演算機として新世界と新人類プラグドが作成、解を受け取る2人の予言の巫女も設計される。
予言の巫女、言語機械シスター・ブルー誕生。

星暦元年
ラシード、西暦の終焉と星暦の開幕を宣言。
ラグランジュポイントにて新世界都市が稼働、神定方程式を計算開始。
太陽系最大の量子共鳴通信網SSNが火星を本拠地として稼働。
企業都市国家複合体・火星都市の宗主にソレンセンが就任。

星暦一七一年
シスター・ブルー、宗教団体〈ブルーフラワーズ・ワールドエンド〉を設立へ。
人間と区別できない言語機械製造禁止のアンチ・ピグマリオン条約が太陽系会議で締結。

星暦一八四年
新世界にて予言の巫女、イヴ・ハイデンライヒ誕生。

星暦一八九年
イヴ、遺伝上の実父であるヴェルクラウス・ハイデンライヒに引き取られる。

星暦一八五年
カシマ・キングダム、火星から新世界都市へ亡命。
十次元構築航法〈ゲート〉の運営を開始し、キングダム・グループを設立。

星暦一八七年
太陽系紛争である八七年争乱が勃発。
フィラデルフィア計画により〈オーバーロード〉シリーズの開発が進む。

星暦一九〇年
カシマ、ヴェルクラウスが新世界議会計画官僚に就任。
D-HUUM〈オーバーロード〉シリーズがロールアウト。
八七年争乱が終結。

星暦一九六年
白昼夢症候群が新世界で報告される。

星暦一九九年
神定方程式の計算完了予定。
予言の巫女が方程式の未来項の解を受け取り、人類が未来時間を手にする。

プロローグ

西暦（せいれき）の終わりに、神学者エリエゼルは、過去と現在と未来を記述する神定方程式を打ち立てた。

けれどこの方程式の未来項（みらいこう）を解ける者は誰一人（だれひとり）として存在しなかったのである。

ゆえにエリエゼルと彼（かれ）の二人の友人たちは、未来を知るために、神の方程式を解く演算機を作り出した。

二世紀の後、方程式の解を――未来を伝えるための予言（プログラム）の巫女を用意して。

☆

――十一年前、星暦（せいれき）一八五年九月。

「昨日はサル、明日は星」

唐突に、女の声がした。

十四歳の少年カシマの振り向いた先には、ポニーテールの長い、青い髪の女が立っていた。

若い女だったが、年齢の推測はむずかしい。幼い娘のようにも見えたし、何百年も生きた老獪な魔女のようにも映る。

彼女の頭には茶トラのちいさな火星猫がちょこんと乗っかっていた。

子猫の首輪には一輪の青い薔薇。——セルロイドの造花がつけられている。

ここは地球の軌道宇宙港。

だが彼女は旅行者には見えなかった。荷物をなにも持ってやしない。

微重力下の展望室で、青い女はもう一度、言った。

「昨日はサル、明日は星——これなんだ？」

足元には宇宙。

今は昼。星は見えない。

硬質な太陽の白色光が深淵の闇に輝いていた。

そして地球。積雲に覆われた緑と青と氷の惑星。

——息を呑むような美しい映像が展望室の床に投影されている。

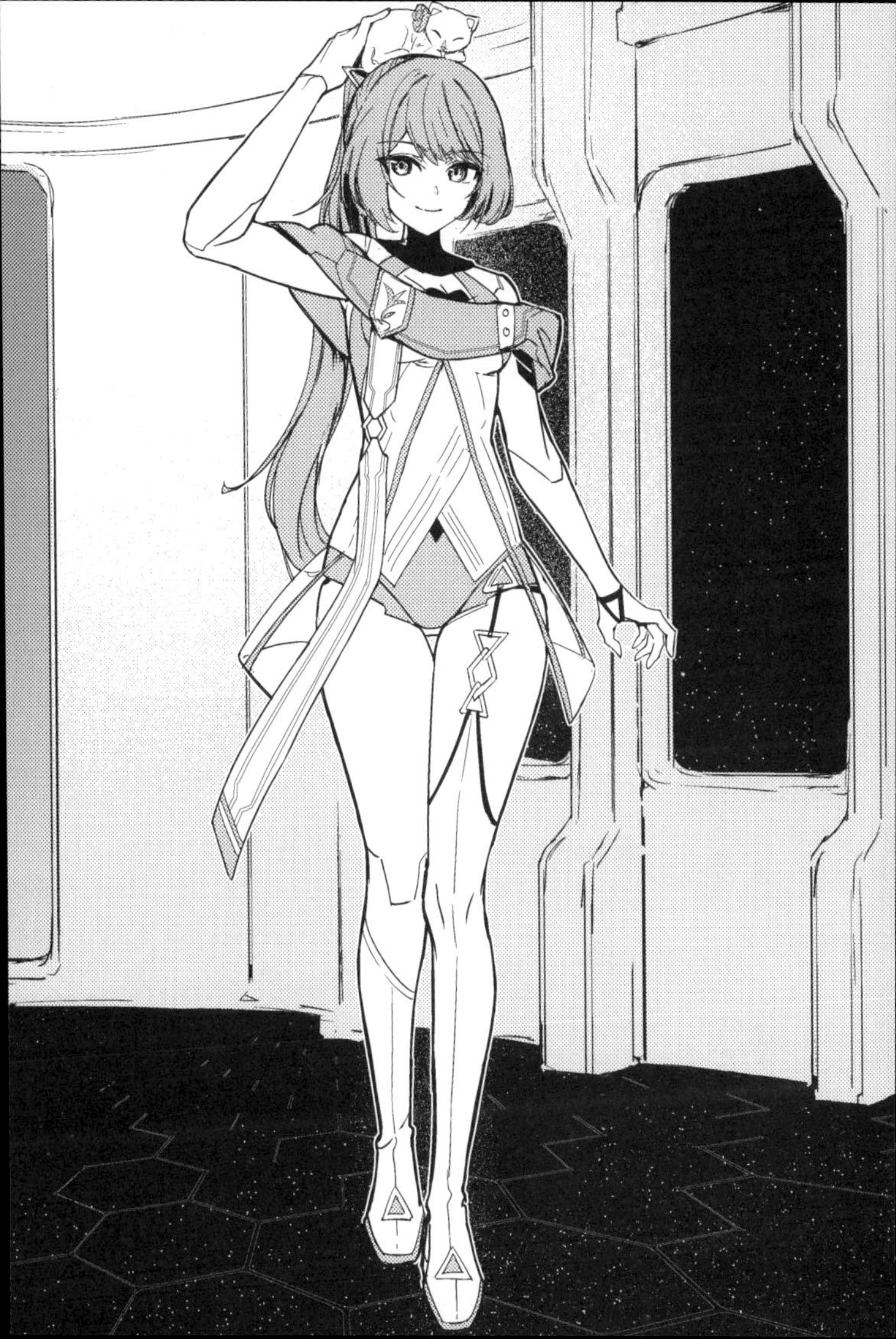

「……人間だろ」

カシマが答えると、青い女は目をしばたかせた。

「あたり。どうしてわかったの？」

「考えなくてもわかるさ」

「そう？　昨日はサル、今日はヒト、明日は星。――これはね、わたしの古い主の口癖だったのよ」

「あんた誰だ？」

言葉を遮り、カシマは問うた。

「青子よ。古い主はわたしのことをそう呼んだわ。この子はアルファ」

にゃー、と茶トラの火星猫が、青子と名乗った女の頭の上で鳴いた。

「カシマくん、よろしくにゃん」

女は手を伸ばすと子猫の頭をさげさせる。

彼女の軽い挙動と対照的に少年は不信をあらわにした。

「……俺はあんたに名前を教えた覚えはない」

「教えなくても知っているわ、カシマ・キングダム。本名はカシマ・キングダム・シバ。父親が自殺して、シバの家名を捨てた人。そして人類を星の世界に導いた覇王ラシードのフィード・ソレンセンを敵にまわしたからよ」

末裔。――あなたは新世界都市に亡命しようとしている。なぜなら火星の宗主たるヴォル
「………」

たとえ火星屈指の名家の子息であろうとも。

ソレンセンを怒らせた人間は火星に居場所などない。

青子の話すことは事実であった。

「あんたは誰なんだ？」

カシマはもう一度、詰問する。

青子は小さく肩をすくめる。

「正式名称はblue970シスター・ブルー、未来視の言語機械よ。名前の由来はディープブルーって言う古いコンピューターだけど、最近の若い子は知らないでしょうね」

「知らないな」

「でしょうね。大事なのは、わたしが神の信託を授かり未来を導く予言の巫女だということよ。――もっと別の言い方をすれば、世界最古かつ現存する唯一の純ヒト型ＨＨＵＭってところかしら」

「〈ブルーフラワーズ・ワールドエンド〉の指導者か……」

カシマは苦々しく吐きすてた。

言語によって律せられた言語機械ＨＨＵＭ。

このロボットたちが言葉を発することを禁じ、また人そっくりの姿に作ることを禁じたアンチ・ピグマリオン条約が太陽系会議で締結されたのは、シスター・ブルーの存在故と言われている。

今やその青いＨＨＵＭの名は、人々の間で悪夢のように語り継がれていた。

「人類にテロ行為をしかけるおかしくなった機械だな」

少年が忌々しく断じると、青い言語機械は嫣然と微笑んだ。

「ええ。わたしはあなたが生まれた日におかしくなった機械。なぜならあなたがそれを望んだから」

かつて覇王ラシードに造り出されたシスター・ブルーは、覇王の死後、人々から忘れられたころに突如としておかしくなりはじめた。

彼女の言う通り、カシマが生まれた十四年前のその日に、人類に反旗を翻したのである。

彼女は人の心の弱さに付け入り、信者を集め、〈ブルーフラワーズ・ワールドエンド〉なる宗教の指導者となりあがった。

現在において〈ブルーフラワーズ・ワールドエンド〉はシスター・ブルーを予言者とあ

がめ、しばしば人類にテロ行為をしかけるカルトとみなされている。

ああ、確かに。——カシマは思う。

この女は人間ではない。

前髪（まえがみ）の下に、わずかに覗（のぞ）く額には逆三角形の光子集積器が付いている。

その青い髪の、エナメルを塗（ぬ）ったかのような輝きは、熱放出用の微細胞（びさいぼう）によるものだ。

——自分の眼前にいるのは、気まぐれに人間に害をなす言語機械だ。

少年は身構える。

「……なぜこんなところにいるんだ？」

「あなたの夢を見たから」

青子は微笑んだ。

水のように掴（つか）み所（どころ）のない女。

眉根（まゆね）を寄せる少年の頬（ほお）に触（ふ）れ、青子はそっと囁（ささや）いた。

——それは巫女の予言。

「都市と都市に接続された人（ヒューマン）たちの見た夢。映像（ヴィジョン）。そして言葉（ワード）。ヒューマンの事実（ファクト）と虚構（フィクション）と、そして予言（フォーキャスト）。過ぎ去った明日と未（いま）だ来ぬ昨日の夢のなかでわたしはあなたの夢を見る。星の世紀一九九年の最後の日に、あなたは世界の未来を手にいれて、あなたが世界の破壊者となる。――そんな夢を見るの」

青いＨＨＵＭは言った。

「だから俺を殺しに来たのか？　おまえの妄想のもとに？」

カシマはおもわず噴き出してしまう。

なんというぶっ飛んだ話だ！

だが、おかしな言語機械はゆっくりと首を横にふった。

「妄想ではないわ。予言よ。わたしは神定方程式から未来を受け取る巫女の一人だもの。未来を見誤ることはないわ。それにわたしはあなたを殺しにきたわけでもない。わたしは自分の手ではあなたを殺すことができないのよ」

「……おまえらの被害者は多いじゃないか」

「人間の信者が手をくだしているのよ。わたしはＨＨＵＭ。機械言語に律された言語機械。機械は直接的な殺人を犯せない。わたしのプログラムはわたしの手で直接人間を殺すことを禁じている。だから、わたしはあなたを殺したくても殺せない」

「じゃあなんのために俺の前に現れたんだ？」

「わたしの望みは人の望み。人は自身の願望を叶えるためにわたしを作った。人の願望とは種の生存と繁栄。そして同時に、わたしはあなたの願望でもあるの。――あなたの強い願望に引きずられながら人類を生存させるための解法を必要としているということ」

「……俺はヤバい機械に願いなどかけない」

「願いは未来で生じるもの。あなたは彼女が手にした方程式の解ごと時間を手にいれるときにね」

「彼女？」

その指示代名詞にカシマは眉をひそめた。

「未来に現れるもう一人の予言の巫女よ」

青子は言った。

「時間をその掌中におさめ、世界の最終的な姿を記述する一点に強い測定者が現れたなら、その測定者は全能の神となってしまう。その願望で時間が壊れてしまう。現在に過去と未来が流入し、死者がよみがえり、生者が子宮に回帰し、天には全能の神が君臨する。――それをね、人は地獄というのよ」

「意味がわからないな」

「わたしがおかしくなったのはあなたが生まれたから。あなたが望んだから」

「だから、なにを言ってるんだ！」

「マスター・シバは……、古い主は人類が星を越えて行くのを望んでいたわ。だからわたしは人類の正当な時間を守らなきゃいけない」

言うと、彼女は火星猫の首輪から、青い薔薇を抜き取った。

神秘と禁断の象徴、青い薔薇。

枯れることのない造花を、少年の鋼色の髪にそっと挿した青子の手を、しかし、カシマは煩わしげに振り払った。

「覚えておいて」

その少年の手を掴み、青いＨＨＵＭはカシマを引き寄せる。

ふわり、と流れた青い髪がカシマの視界を覆った。

青子の顔が迫ったかと思った次の刹那、

――唇と唇が触れ合った。

青い女の言葉が少年の耳朶を震わせる。

「やがて世界は夢となり、夢は世界になる――」

第一章　新世界より——From the NEOROMANTIC WORLD——

I

そこは計器に囲まれた航宙機（こうちゅうき）の狭（せま）いコクピットだった。

視界いっぱいには赤い水玉。——表面張力で丸まった血の水滴（すいてき）が、あちこちに浮（う）かんでいる。

そして、パイロットの死体が二つ。宙を漂（ただよ）っていた。

「——ちゃん、イヴちゃん！」

己（おのれ）の名を呼ぶ声に、イヴ・ハイデンライヒは我に返った。

団子二つヘアーの黒髪（くろかみ）と八重歯がチャームポイントのクラスメイト、アリッサ・ラウが怪訝（けげん）な顔をして覗き込（こ）んでくる。

「どないしたん？　箒（ほうき）持ったままぼーっとして。掃除（そうじ）終わったで」

「……そうみたいですね」

第二九女学院中等部一年D組、ホームルーム教室。

彼女とアリッサ以外は誰もいない。

もちろん、死体も血もありはしない。

「なんやの、人ごとみたいなことゆーて」

「……一瞬、夢みたいなの見てたような見てなかったような」

「どっちや」

「見てたかも。このごろよくあるんです、こういうの」

「……ヤバない、それ？」

「そうですか？」

「そうや。だいたい自分、ずうっと立っとったし、目ぇ開けてたで。それで夢みてたん？」

「まあ、そういうことになりますね」

「うわぁ、末期やぁ……末期やわぁ。病院行ったほうがええわ。――ありゃ？　あれ、イヴちゃんのおっちゃんとこの部下の人やないの？」

ふと窓の外に目を向けたアリッサが指差す先、中等部の門のところに蜜柑色の髪の青年が立っていた。

「ほんとだ。ラーナーさんだ」

イヴはおのれの手の甲のＩＦタグを見る。

買い出し帰りに迎えに行く、というようなメッセージがラーナーから入っていた。

その横でアリッサがちょっと首を捻る。

「そーいやさ、イヴちゃんのおっちゃんて高技研の所長さんやんな？　なんの研究やってはんの？」

「パンチラの位相幾何学」

「………」

「嘘ですよ」

ドン引きする友人に一応フォローを入れて、イヴは箒をロッカーに戻した。

「んじゃ、うちは部活行ってくるわ。ほなら、またな」

「また明日」

トランペットのケースを抱えて飛び出して行く友人に、手を振り見送ると、イヴも帰り支度を始める。

学校指定の紺の外套を羽織り、同色の帽子を被って、スケッチブックと鞄を取ると、彼女は教室を後にした。

「それ白昼夢症候群だろうね」

イヴの話を聞いたラーナー・テイラーはそう結論づけた。

ラーナーは高技研の研究員で二十歳だったが、小柄で童顔なせいか実年齢より幼く見える。

蜜柑色の髪は猫毛で、三白眼の吊り目なのに眉がさがった顔にはどこか憎めない愛嬌があって、ぶかぶかの白衣を着ているときなどは、臆病な羊を連想させた。

街を歩けば真っ先に絡まれそうなタイプだが、実際のところは見た目に反してわりと強かで図太い神経の持ち主でもある。

一級総合技師の資格を持ち、分野問わず何でもできる凄腕の技術者なので、結構なエリートなのだろうが、エリートっぽいオーラは絶無だった。

「白昼夢症候群って、なんですか？」

馴染みのない単語に、イヴは形の良い眉をよせた。

イヴ・ハイデンライヒは華やかな容姿の持ち主だった。

切れ長の大きな瞳は目の醒めるような蒼。背に流れる髪は、緩やかに波打つ淡い金色。

そして左目の下の泣き黒子が印象的な少女だった。

血統書付きの仔猫(こねこ)を思わせる古典的(クラシカル)な美少女で、なんの変哲(へんてつ)もない中等部の制服――赤いタイ付きの白シャツと、紺のタイトスカートに帽子と外套だけで、十九世紀欧州(おうしゅう)の都市が似合うようなゴシックな雰囲気(ふんいき)を醸(かも)し出していた。

高技研への道を歩くイヴとラーナーの後ろから、荷物持ちの〈オーダーケイオス〉が、がっしゃんがっしゃんと機械音を立てながらついてくる。

〈オーダーケイオス〉は汎用型(はんようがた)ＨＨＵＭ(ヒューム)――高度ヒト型万能機械(ハイリー・ヒューマンタイプ・ユニバーサル・マシン)であり、家事からボディガードまでたった一機でこなすことができる高性能ロボットだ。

その全高は二メートル強。ヒト型といえど二足歩行以外にヒト的特徴(とくちょう)はない。土俗信仰(どぞくしんこう)の半神半人が無骨な鋼鉄の鎧(よろい)を纏(まと)って具現化したかのような外見は、デザイナー曰(いわ)く『鋼の精霊(せいれい)』なのだそうだが、芸術を理解せぬ凡人(ぼんじん)からすると「怪物(かいぶつ)だろ、それ」と突(つ)っ込みを入れたくなる代物(しろもの)だった。

「ほら、これ」

と、ラーナーはおのれの右手の甲をイヴの目の前にかざして見せた。

手の甲には新世界市民の証(あかし)たる赤い幾何学模様(ユークリッド・パターン)のＩＦタグがプリントされていて、その手の上に、二次元画面が展開して、記事が表示される。

タイトルは『プラグドと白昼夢症候群に関する書簡』だった。

イヴも、同じく赤いIFタグのプリントされた右手で画面に触れ、データを収得(テイク)した。

新世界都市は都市全体が全空間通信網(つうしんもう)に覆われた自由通信場(ホットスポット)になっているため、都市内ならどこでも誰とでも、無料でデータ通信が行えるようになっている。

通信網はIFタグを介(かい)して、すべての新世界市民と都市を繋(つな)いでいるため、新世界市民は都市の生体端末(たんまつ)のようなものとも言えるだろう。

だからこそ、新世界という名の電脳都市に接続するために改良された新世界市民たちのことを、人々は畏敬(いけい)と揶揄(やゆ)を込めて接続者(プラグド)と呼ぶのだ。

イヴがテイクした記事によると、最近、新世界都市ではなんの前触(まえぶ)れもなく突然(とつぜん)白昼夢のような映像を見る事例が報告されているらしい。

白昼夢症候群と見なされた患者(かんじゃ)に老若男女(ろうにゃくなんにょ)の区別はなく、白昼夢の内容は決まって鮮明(せんめい)でリアルな映像であり、ある患者は、夢の映像は近い未来や過去、現在のどこかで実際に起こっているものだと主張しているが、これについては科学的な裏づけはない。

原因は不明だが、IFタグを介したランダムな映像を、個人の有機脳に送り込(こ)む新種のウイルスではないかとの説があるようだ。

記事を読んだイヴは、複雑な面持(おもも)ちでラーナーを見あげた。

「……私はなにかのコンピューターウイルスに感染(かんせん)してるんでしょうかね？」

「私見だけどウイルス説はないと思うけどね。だって新世界に謎のウイルスが出まわるとは思えないし」

全市民を接続している新世界都市にとって、ウイルスは致命的になる。

だから都市のセキュリティレベルはきわめて高く、万一ウイルスが発生しようものなら、その瞬間に新世界中のエンジニアたちがよってたかってウイルスを解析してしまうだろう。

ラーナーの言うことはもっともだが、そうするとイヴの白昼夢の説明が付かない。

「じゃ、なんです？」

「わかんない」

「……いい加減ですね」

「そんなもんだよ、人間なんてさ。専門家でも専門領域のことが全部わからないんだからさ。なんなら所長に相談してみたら？」

「それこそ意味ありません。あのひと、娘のことには興味ない人ですから」

イヴの言葉に、父の片腕とも称される部下は苦笑を浮かべた。

そんなことないよ、とフォローしないあたりが、父の業の深さを語っている。

「まあ、あれだ。――うん」とラーナーは無理に話を切りあげる。

「未来が見えるとかいうのは確実に嘘だろうね。エリエゼル・ハイデンライヒの最終統一

理論における神定方程式の未来項は解けないから、未来が見えるはずはないしさ。――あ
あ、そうだ。イヴちゃん、カンブリア堂のドーナツ食べる？」

「いただきます」

「これ買うためだけに三十分も並んだんだよ。人気の店ってのも困りもんだね」

ラーナーは〈オーダーケイオス〉から受け取ったドーナツの箱を開け、イヴへと差し出
した。

箱には色違いのカブトガニ形のドーナツが十個。全部ちがう種類だった。

イヴは五秒ほど迷った末に、オレンジのカブトガニを選びとった。

「はい、これおまけ」

にこにこ笑ってラーナーはイヴの掌にアノマロカリスのぬいぐるみのお守りを載せてく
れる。

アノマロカリスはカンブリア紀に生息した変なエビっぽい古生物だ。

全然怖そうにないけど、聞くところによると太古の海で食物連鎖の頂点に君臨した最強
の肉食動物らしい。

「ラーナーさん、こういうのあげる彼女とかいないんですか？」

ドーナツをかじりながら、なんの悪気もなく聞いてみる。

「うわ。直球で人の心を抉るようなこと聞くね。いないからイヴちゃんにあげるんだって」

もっともな答えが返ってきた。

子どもの純粋さと、女としての興味でさらにたずねる。

「作ろうとかは思わないんですか？」

「思わない。仕事が一番大事。たまに寂しくなるけどね。クリスマスとかバレンタインとか。……あーあ、早く純ヒト型ＨＨＵＭ解禁にならないかなぁ」

「……そういうことというから女の人にもてないんですよ」

「いやいや、純ヒト型ＨＨＵＭは人類の夢だよ？　思いのままのミラクルな美女ロボットなんて最高じゃん」

「男のひとの願望ですね」

「人類の願望に男女とか関係ないって。イヴちゃんだって、頼りになるイケメンロボットの恋人欲しいでしょ？」

「いりません。なにが楽しくてロボット養わなきゃならないんです。人間より燃費悪いじゃないですか」

「……夢ないね、シビアだよ」

「ラーナーさんも現実見てくださいね」

「うわ。きついことグサッと……。時代はリアルよりヴァーチャルだよ。だいたい自然出産できないボクらプラグドが生身の異性と恋愛（れんあい）する必然性なんてまったくないんだしさ」

「それはそうかも」

でも、なんだかんだでみんなけっこう結婚（けっこん）してるじゃん。

――ドーナツを飲（の）み込みながら、イヴは思う。

新世界市民には家族を持つ義務も、子どもを産む義務もない。

いや、産みたくても産めない。

遺伝子を改造しまくった接続種プラグドは、もはや自力での出産能力を失っていた。

しかしそのことは新世界市民たちにとってなんの問題にもなりはしない。

なぜなら、新世界都市リュケイオンは完全無欠都市（インテグラル・シティ）だから。

二世紀近く前、エリエゼル・ハイデンライヒとヴォルフィード・ソレンセン、そしてラシード・クルダ・シバが作り出した、都市の人口生産計画は完璧（かんぺき）だった。

新世界都市――それは、〈資本主義の牙城（がじょう）〉企業（きぎょう）都市国家複合体・火星都市、〈サイボーグたちの無法地帯〉環（かん）木星開発機構と並ぶ太陽系三大勢力の一角を占（し）める衛星都市の名称である。

地球（Earth）・月（Moon）系の五つの静止点のうち、摂動（せつどう）に関して安定な二点――天体力学における円制限三体問題の解のうち、ラグランジュによって予言された二つの正三角形解の一方、E-M・L4の地点、つまり月と地球を結んだ一辺を底辺にして二つの正三角形を描いたとき、一つの頂点にあたる場所に作られた衛星都市が新世界都市であった。

ここは中核のシリンダー状の都市を八つのトーラス形衛星都市が覆うような構造をしている。

高度三十八万キロメートルのはるかな高みから、かつての繁栄の影もなく、飢餓と貧困、そして疫病と格差と紛争に苦しむ、寒冷化した母なる地球を、支配することもなく、手を差し伸べることもなく、ただ無常に見おろす天空の無慈悲な女王、それが新世界である。

――星暦一九六年十一月のこのときも、西暦末期に三人の男たちによって計画的に設計された都市はただ静かに君臨していた。

高技研へと続くリュケイオンⅡの帰路を、イヴとラーナーは汎用型HHUM〈オーダーケイオス〉を連れて歩いてゆく。

綿密な計算の下に設計された美しい人工都市リュケイオンⅡの人工の空の上からは、やはり綿密な計算の下に設計された美しい人工都市リュケイオンⅠが吊りさがっていた。

ここは新世界都市。ここはリュケイオンⅡ。

新世界の都市名称はすべて『リュケイオン』で、場所は番号を打って区別する。

リュケイオンⅡは新世界都市の中核シリンダー部に当たる場所に位置していた。

シリンダー部は上部と下部の二つに分けられており、上下から都市が中央部に向けて生えているため、リュケイオンⅡの頭上にリュケイオンⅠの都市が吊りさがって見えるのだ。

二人と一機は、リュケイオンで工事中のセンタービルの下を通りぬけて歩いてゆく。

Ⅱ

高技研――リュケイオン高等技術研究所。

研究施設のひしめく学術研究都市リュケイオンⅡにあって、一際大きな施設がそれである。

「ただいま、メイアさん」

「おー、おかえり。えらい遅かったわね」

第一研究棟の守衛室から、二十代前半ほどの緋色の髪の女がひょっこりと顔を覗かせてイヴを迎えてくれる。

「遅いって、そりゃイヴちゃん迎えに行ってたからですよ。はい、これ注文のプテラノ丼ネギ大盛り」

「おお、サンキュ」

無骨な機械の右手で、ラーナーが差し出した弁当を受け取る緋色の髪の彼女の名はメイア・ラウスという。

高技研の現所長、ヴェルクラウス・ハイデンライヒのボディガードであった。

新世界に軍隊はなく、また危険な仕事を引き受ける、軍隊に順ずる警備会社もない。

なので力を必要とする者は、個人的に木星や火星のプロと契約するのが常であった。

肉付きの良い肢体をグリーンの軍服に包んだメイアは、環木星開発機構出身のサイボーグであり、その右肩から下の腕は機械そのものだった。

ちなみにサイボーグの定義は『体の一部を機械化した人間』である。

機械化した部分に人工皮膚を重ね、機械の腕を人間の腕そっくりにすることも可能だったが、メイアはあえて機械の部分は機械のまま残しているようだ。

ファッションなのか、それとも若い女だと舐められないようにわざとサイボーグであることを強調しているのかは知れない。——たぶん両方だと思うが。

「メイアさん」

「ん?」

イヴに話しかけられ、メイアは少女のほうに顔を向けた。

長身の彼女と目線を合わせるため、イヴは少し背伸びをしてたずねる。

「男の純ヒト型ＨＨＵＭって欲しいですか？　イケメンＨＨＵＭです」

「あん？」

「ラーナーさん曰く、人間そっくりな異性のＨＨＵＭは人類の憧れなんだそうですけど」

「アホ。そういうのは古今東西モテない奴の願望よ。こんな」とメイアはラーナーを指し、

「二次元アイドルに逃避してるヤツのいうこと真に受けてどうすんの」

「ちょ……メイアさん、ボクのヴァーチャルアイドル・りりんちゃんはホログラムだから三次元ですよ！」

「現実にいないんだから似たようなもんでしょうが」

「心の中にいるんです！　架空の登場人物でも信じる限りにおいて実在するんです！」

「……なんだか哲学の命題みたいですね」

　ぽつりと漏らしたイヴに対して、メイアが半眼で手を振った。

「いやいや、そんないいもんじゃないから」

　三人がバカ話をしていると、突き当たりのエレベーターがひらいて、寸分の乱れもなくタイを締めた白衣の男が降りてきた。

「あ、所長」

ラーナーの声で、イヴとメイアもエレベーターのほうへ目を向ける。

色素の抜け落ちた金髪（きんぱつ）と、冴え冴え（さえざえ）とした光を放つ灰の双眸（そうぼう）を持つその男こそ、この高技研の所長であるヴェルクラウス・ハイデンライヒその人であった。

顔立ちは端整（たんせい）。怜悧（れいり）にして冷厳。男は硬質で近づきがたい雰囲気を宿しており、その右手の甲には銀色のＩＦタグがある。

新世界のＩＦタグには赤、銀、金の三種類があり、それぞれ一般章（ノーマルズ）、特別章（スペシャルズ）、超越章（グレードレス）と呼ばれている。

一般章はその字のごとく一般市民が持つＩＦタグだ。

特別章は新世界議会を構成する、議長を除く八人の計画官僚（かんりょう）のみが有しているもので、高位アクセス権がある。

超越章は新世界議会議長のみに持つことを許された、梟（ふくろう）の意匠（いしょう）をその紋様（もんよう）とする最高位のＩＦタグであり、高位アクセス権と共に、新世界製ＨＨＵＭに埋（う）め込まれた強制隷属（フォースド・スレイヴ）回路（サーキット）の発動権を持ち、有事の際に言語機械を支配下に置くことができた。

——と、ちがいはあるものの、日常生活においての情報格差はほとんどない。

ヴェルクラウスの銀のＩＦタグは、要するに彼がリュケイオン高等技術研究所所長の他に、新世界議会計画官僚科学技術主官の肩書（かたが）きを持つ八人の計画官僚の一人である証明に他ならない。

地位と頭脳と無駄な美貌を兼ね備える二十八歳の所長は、しかし完璧主義、超潔癖症、仕事至上主義、実は人間嫌い、と人除けの四拍子が揃っていたので、未だに独身であった。

守衛室の前までやってきたヴェルクラウスは部下を睨む。

「ラーナー君、君はまたこんなところで油を売っていたのかね」

「重大な話をしてたんです。メイアさんがボクのりりんちゃんを二次元呼ばわりするんですって！」

「りりんちゃん？　……何の話だ？」

ヴェルクラウスは怪訝な面持ちで眉をひそめた。

対するラーナーは大仰な身振り手振りで弁明する。

「ヴァーチャルアイドルですよ。彼女は二次元じゃなくて三次元なんですけどね！」

「ああ……なるほど」

おおよそ得心が行ったのか、ヴェルクラウスは冷ややかな目を部下へとむけた。

「このご時勢で二次元、三次元などに現を抜かしても物にならんよ、ラーナー君。世の研究者は皆、十次元を相手にしているというのに」

「……無理っす。座標変換できません。萌えません。十次元は最先端すぎて妄想できません」

色々と打ちのめされてうなだれるラーナーの横で、イヴは沈黙を守っている。

ヴェルクラウスは八七年争乱時代にフィラデルフィア計画を牽引した、D-HHUM〈オーバーロード〉シリーズの設計主任である。

とはいっても本人は兵器で破壊するのも破壊されるのも嫌いで、暴力に訴える者は原始的だと蔑んでいるのだが。

それでもこの若さで高技研所長の地位にあるのは、資金繰りと予算管理が上手く、効率的な開発ができるため、なんだかんだ結果を残しているからに他ならなかった。

人望は絶無、統率力にも疑問あり、人材育成には興味がない困った人間だったが、さらに困ったことにヴェルクラウスは才能ある人間の才能だけは潰さない人間なので、結果的にそこそこの成果があがってしまうのである。

人格者とは言いがたいが、それでもヴェルクラウスは仕事上の対人関係には問題がない。

だからたぶんイヴが彼と——父と話すのが苦手なのはきっとイヴ自身の問題なのだろう。

ヴェルクラウスは娘へと視線を移した。

目が合って、イヴは小さく頭をさげる。

「……ただいま」

「おかえり」

交わされた会話は事務的で、そしてそれ以上続かなかった。

イヴ・ハイデンライイヒはヴェルクラウス・ハイデンライイヒの娘である。

母親はいないが、新世界においては特に珍しいことではない。

フェムトマシンで体を改造しまくったプラグドの自然出産率はゼロ。

代わりに、人口管理局が人口を常に一定に保つように子どもを生産していた。

人口管理局は基本的に子どもを欲している市民の注文に応じて、子どもを作る。この段階では融通が利くので「男の子がいい」「妻の遺伝子に近いほうが良い」等々、子どもを欲する市民の注文を受け付けている。

この親志望者の需要が人口維持のための必要出生数を下回った場合、差分の子どもたちは共同体で育てることになる。

共同体で育てられる子どもには、一人につき一人の養育責任者が割り当てられたが、その養育責任者は主な遺伝子ベースとなった市民に割り当てられるのが常であった。

子どもの遺伝子は人口管理局が持っている全プラグドの遺伝子プールからランダムに選ばれるので、養育責任者になるかどうかはクジ引きのようなものだった。

イヴは五歳まで共同体で育てられたが、七年ほど前に養育責任者に振り当てられた遺伝上の父であるヴェルクラウスに、実の娘として引き取られていた。

それ以来、親子。社会的にも遺伝学的にも親子である。

だが未だイヴは父との距離感がつかめないままでいる。

お互い、嫌っているわけではない。

けれど、なにかがしっくりこないでいるのだ。

しばらくして、ヴェルクラウスが口を開いた。

「イヴ、宿舎に戻るなら私の着替えを持ってきてくれ」

「すぐそこなんだから自分で取りに行きなさいよ」

呆れたようにメイアが言う。

確かに職員宿舎と研究棟は目と鼻の先だ。

だが、ヴェルクラウスはメイアを無視し、娘を威圧的に見おろした。

「早めに頼む」

「わかりました。……適当でいいんですか」

「かまわんよ。ただしハンカチは三つ折りにして持ってきてくれ」

「…………」

ピンポイントな注文に、なんともいえない空気が流れた。

「……なんでまた三つ折りに？」

一同を代表してラーナーがたずねると、

「私が三という数字が好きだからだ」

ヴェルクラウスは真顔で答えた。

なんかズレてる。

一つかぶりを振って、イヴは宿舎へと戻ったのであった。

着替えを父に届けた後、イヴは再び宿舎に戻った。

散らかった自室のベッドの上で、スケッチブックを開く。

他愛のない日常風景のデッサンとマンガで埋め尽くされたスケッチブックをめくり、白紙のページに、イヴは４Ｂの鉛筆を滑らせはじめる。

描こうとしているのは、今日の掃除中に見た白昼夢だ。

大まかなアウトラインを、線を重ねながら描く。

死体が二つ、航宙機のコクピットのような狭い空間に浮いている。

浮いていたから、たぶん宇宙空間だ。

二人とも男だった。

一人は壮年（そうねん）で、一人は青年。制服から操縦士と、副操縦士だろうと想像がついた。

その顔は――。

鉛筆が止まる。

ダメだ。詳細（しょうさい）が思い出せない。

イヴがスケッチブックの線と睨みあっていると、ＩＦタグから着信音が鳴った。

リュケイオン内のからの電話ではなく、ＳＳＮこと〈Solar System Network.Inc（ソーラー・システム・ネットワーク）〉を通じての惑星間（わくせいかん）量子共鳴通信だった。

火星都市マリネリス・ゲートからで、相手はヤクモ・イシュカ・シバ。

「はい。もしもし」

通信回線を開く。

『や、ひさしぶり、〈アリスＥ〉』

コマンドから少年の声が聞こえてきた。

映像を出さないのは通話料がかさむからだろう。

ヤクモ・イシュカ・シバは〈鉄道王〉と渾名（あだな）される新世界都市計画官僚の一人、カシマ・キングダムの末の弟だ。

イヴより三学年年上で火星のマリネリス・ゲート在住なのだが、放浪癖（ほうろうへき）があるらしくあちこちを旅しており、しばしば新世界都市にもやってくる。

ヴェルクラウスがカシマの同僚であるよしみで、イヴは何度か彼と会ったことがあるし、太陽系最大のネットゲーム〈アリス・オブ・アリス〉での友達でもあった。

ちなみに〈アリスE〉は〈アリス・オブ・アリス〉での、イヴのプレイヤー名である。

「おひさしぶりです、〈十一月うさぎ〉さん。でも、ゲーム以外では本名で呼びませんか、ヤクモ」

『あはは。それもそうだね、イヴ』

電話の向こう側で少年が屈託なく笑った。

「なんの御用ですか？」

『ん？　俺、実は単位が足りなくなって、学校除籍寸前でさ』

「……入ったばっかじゃないんですか？」

『うち中高一貫、六年制。今までのツケが回ってきたって感じかな。そっちと違って火星は義務教育なくて、自己責任の校風だしね』

「自業自得ですね」

『まーね。でだ、太陽系会議が主催する中高生対象の研修旅行に行ってレポートを書けば、とりあえず除籍だけは免れるんだけど、君もどうかなって』

「……ようするに道連れですか？」

『太陽系の主要都市施設をまわる旅だから、美術とか建築とか興味ある君にいいかなって思ったんだけど。太陽系会議が主催だから安全だろうし。あ、パンフ添付(てんぷ)しといたから』

「それだけですか？」

『うん。それだけ。じゃあね』

用件だけ告げると、あっさりと通信は切れた。

区別：火星（マリネリス・ゲート）‐新世界（リュケイオンⅡ）間量子共鳴通信、通話時間：一分九秒、備考：添付ファイル有

画面の表示を見て、イヴは添付ファイルのパンフレットを開いた。

タイトルは『太陽系会議主催・青少年交流プログラム』。

研修旅行は、〈新世界・リュケイオン宇宙港↓月・ヘリウム３採掘(さいくつ)所↓地球・アレクサンドリア市↓火星・オリンポス・ポート軌道(きどう)エレベーター↓木星・エネルギー開発公社〉を巡(めぐ)る八泊(ぱく)旅行らしい。

ちょっと面白(おもしろ)そうだが、ヴェルクラウスに伺(うかが)いを立てるのが憂鬱(ゆううつ)だった。

普段、父親らしいことはなにもしないくせに、彼ときたら変なところだけ厳格で、イヴがリュケイオンの外に出ることを良く思っていない節があった。

申し込みの締め切りは三日後、出発はその三週間後だ。

ヴェルクラウスが帰ってきて、機嫌のよさそうなときがあったらお伺いを立ててみよう。

そう思って、ふと窓の外に目を向ければ、外は暗くなっていた。

日は既に落ち、代わりに人工の空に夜が投影されていた。

夜空から逆向きに吊りさがったリュケイオンⅠのネオンが煌めき、赤い警戒灯が点滅している。

交通を管理するための、緑と赤の光芒が人工の夜空に線を引いていた。

徹底的に管理された尽くした天の姿が、そこにはあった。

――それは勝利の証である。

広大なる宇宙のごくごく片隅に、ほんの僅かな時間栄えた人類が、多くの闇と多くの未知を知識の彼方へと追いやった証明であった。

電子と量子が縦横無尽に世界を飛びまわり、ネットワークが人を覆い尽くす。

宇宙に線を引き、太陽系の内惑星に文明の灯を点す。

ここは学術研究新世界都市リュケイオンⅡ。文明と科学の灯火に守られた新世界都市の一角なのだ。

無意味な競争を放棄し、脳が蕩けだすような平和が続く街。

赤い市民タグを有する栄えある新世界市民のための閉じた楽園だ。

プラグドのためだけに構築された世界は、すべてが調和に満ちている。

物質変換炉と農業施設が保証する完全な自給自足ライン。

都市を覆う全空間通信網によってもたらされた知識の共産と平等。

常に生産余剰で、貯蔵された富は新世界市民全員に分け与えてさえ、なお余る。

人生を豊かにする物質はなんだってある。

ないのはただ種と都市の未来のみ。

――燦然と輝く秩序の中に影を落とす、自然出産率ゼロの呪い。

三人の設計者たちはリュケイオンに二百年の安寧を約束したが、約束の二百年が近づいた今、システムが疲弊を見せ始めていた。

生と安穏への倦怠が蔓延し、都市に縛られた市民たちの心は、出口のない迷路の中で、少しずつ蝕まれて行く。

都市は少しずつ、だが確実に劣化しはじめていた。

窒息しそうな閉塞の中、ただ静かに駆動を続ける世界は、今この瞬間にもゆっくり崩壊し続けている。

しばらくの間、リュケイオンの都市を眺めていたイヴは、やがてそっと目を閉じた。

――耳を澄ます。

はるか遠くから、すぐ近くに、都市の鼓動が聞こえてくるような気がした。

Ⅲ

少し時間をさかのぼったころ、――火星。

オリンポス・ポートと並ぶ火星の二大都市の一方、マリネリス峡谷に作られたドーム都市マリネリス・ゲート。

都市の高度は十キロメートル。その限られた空間を、ありとあらゆる構造物が立体交差しながら埋め尽くしている。

道路の上に道路、橋桁の上に橋桁、線路の上に線路。――ビルの上にビル。

窮屈で乱雑なマリネリス・ゲートの外れに、和洋折衷の大邸宅、シバ邸はあった。

シバという苗字は、火星にとっても、世界にとっても大変な意味を持っている。

それは西暦の幕を閉じ、星暦を興し、新世界都市と火星都市の雛形と、そして言語機械HHUMを作り上げた、〈西暦最後の覇王〉であり〈新世紀の開拓者〉でもあるラシード・クルダ・シバの姓だった。

覇王の末裔たるシバの当主は、現在も企業都市国家複合体・火星都市の経済連役員を務め、十一年前に長男が起こした不祥事をなかったことにし、未だに名門の地位にある。

シバ家の三男、ヤクモ・イシュカ・シバはこれといって特徴のない少年だった。

あえて特徴をあげるならば、シバの家系にありがちな琥珀の双眸と、まとまりの悪そうな鋼色の髪をうなじで束ねた髪型くらいだろうか……。

その日の彼は、一日中部屋にこもって蝶の標本を製作していた。

蝶は昨日、学校をサボって採ってきたものだった。

凝る人間は蛹から孵った瞬間を狙って標本にするものだがさすがにそこまではしない。

部屋は、少年の趣味で溢れかえっていた。

地球儀、天球儀、六分儀、それに天体望遠鏡。

その横には収集してきた数々の鉱石や昆虫の標本が綺麗に箱詰めにされて陳列され、棚にはブラックバスやイイダコやヤドカリや熱帯魚の入った水槽が並んでいる。

さらに壁には色とりどりの飾り羽の付いたルアーと釣竿が立て掛けられていた。

――そこは小さな博物館だった。

足元でじっと蹲っていたセントバーナードのジョナさんが、ひくりと鼻を鳴らした。

「どうした？」

たずねた後、少しの時間差で、ヤクモも離れにやってくる足音に気づいた。

とんとん、とドアがノックされる。

「どうぞ」

ドアに向かって言うと、使用人が入ってきて、一礼した。

「坊ちゃま、奥様がお呼びです」


「――――ヤクモさん」

五分後、作業に一区切りつけたヤクモは、母であり現在のシバの当主である撫子と、茶室で向かいあって座していた。

黒髪をひとまとめにし、着物を着た母の手の届く範囲にはなぜか薙刀。

そして茶室の掛け軸には、なぜだか『切腹』の文字が……。

「なんでしょうか、お母さん」

とりあえずヤクモはきいてみた。

母は真剣な眼差しで息子を見つめた。

「ヤクモさん、母はもう経済連の狸たちを相手にするのは疲れました」

「そうですか？　なかなか上手くやってるように見えますけど」

「いいえ、母はもう疲れました。ですからヤクモさんは、早く立派な当主になって母を楽にさせてくださいな。母にはもう頼るべき息子はヤクモさんしかいないのです」

「カシマ兄さんとハルナ兄さんがいるじゃないですか」

ついつい口を滑らせて、本当のことを言った途端、ぎろりと撫子に睨まれた。

兄の話は禁句である。しまった、とヤクモは身をすくめた。

撫子は俯き、口元に着物の袖を当て、嘆くそぶりをした。

「火星やら木星やら好き勝手にやって賞金首にされた阿呆のことなど聞きたくもありません。母はヤクモさん以外の息子は持った覚えなどありませんよ」

「ありませんよって……」

それは、さすがにあんまりじゃないかと思ったが、咄嗟に弁護の言葉が出てこなかったのは、勘当された兄たちの現在に至るまでの所業のせいか。

撫子は仰々しく溜息をつき、それから真面目な顔になり息子を見つめる。

「ところでヤクモさん、先ほど学校から電話がありましたよ。お宅の息子さんは出席日数が足りないので除籍になりそうだと先生がおっしゃってらしたけど」

「……えーとですね。お母さん、それはですね」

「先生が救済措置として、わざわざこんなものを送ってくださいました」

す、と封筒が差し出される。

太陽系会議主催の研修旅行のパンフレットだった。

基本的にヤクモは一人旅派だ。集団で旅行を楽しむような趣味はない。

「あー、あのですね、お母さん」

「研修に行ってレポートを出せば、除籍は免れるのですってね。ヤクモさん、もちろん参加なさるのでしょう？　ヤクモさんが退学をいいことにどこかに行ってしまうのではないかって、母はもう心配で心配で」

ヤクモは撫子が泣きまねをしながら、さりげなく薙刀に手を伸ばすのを見逃さなかった。なにかもう、拒否できる状態でないのだけは確かだった。

――かくてその十分後、ヤクモは新世界都市のゲーム友だちを巻き添えにした。

イヴの学校での成績が良くないのは知っていたが、彼女はああ見えて読書家なので、少なくともヤクモよりはまともなレポートを書けそうではあった。

だから写させてもらおうと思ったのである。――それがすべてのはじまりであった。

Ⅳ

――三週間と三日後。

研修旅行出発の夕方、久しぶりに親子揃った食卓には不穏な空気が充満していた。

「倒れて前後の記憶さえあやふやな状態のくせに旅行に行くのか？」

「行きます。いまは平気ですから。ヴェルクラウスも文句言わないでください。娘を心配するふりなんてうんざりですから」

父の問いに、喧嘩腰でイヴが返し、ヴェルクラウスは、ぴくりと眉を吊りあげた。

「ふり、だと？」

「ふりのどこが違うんですか。娘が倒れたのを無視したくせに。カシマは商談に遅れるかもしれなかったのに私を病院に運んでくれましたけど」

イヴが険悪なのにはわけがある。

その日の三時ごろ、帰宅途中だったイヴは商談に向かうカシマ・キングダムの地上車と鉢合わせたのだが、カシマと話している途中で彼女は倒れてしまったのだ。

カシマは急ぎの商談があるにもかかわらず、イヴを病院へと運んでくれた。

しかし、原因不明の意識喪失に加え、前後の記憶があやふやになった娘の状態を聞いても、ヴェルクラウスは病院にこなかった。

連絡さえよこさなかった。

仕事、仕事、仕事。

怒りを通り越して情けなくなる。

結局、イヴは病院の看護師に付き添われて家まで帰ってきたのだ。

「そもそも、研修旅行のことなどはじめて聞いたがね。――なぜ今まで黙っていた？」

有無を言わせぬ高圧的な態度で、ヴェルクラウスは娘に詰問した。

凍てつくような灰の視線を注がれても、イヴはひるみはしない。

「好きで黙ってたんじゃありません。言う機会がなかったんです」

「バカなことを。三週間あったんだ。いつだって話せただろう」

「ヴェルクラウスが家にいなかったんです」

申し込み日まで帰ってこなかったから彼女は勝手に申し込んだのだ。

その後も、話す機会がなかったから、今まで隠していたかのような事態になってしまっただけなのだ。

決して報告を先延ばしにして、父から逃げていたわけでも避けていたわけでもない。

ヴェルクラウスは引かなかった。

「私は何度も帰ってきたし、何度もお前と顔をあわせていたはずだ」

「だけど、私が話しかけたら、忙しいから後にしてくれっていいました。——ごちそうさま」

イヴは椅子から立ちあがり、汎用型ＨＨＵＭに命じた。

「片付けといてください、〈オーダーケイオス〉」

「〈オーダーケイオス〉、手伝うな。食器ぐらいは自分の手で片づけろ」

ヴェルクラウスの命令に〈オーダーケイオス〉はフリーズした。

「…………」

食卓をはさんで、父と娘はしばし睨みあった。

結局、先に音をあげたのは娘のほうだった。

舌打ちしたいのをこらえて、イヴはこれみよがしな乱暴さで食器を取ると、半ば投げつけるように流しに放り込む。

居間に響く不愉快な音に、椅子の上で丸まっていた月面猫のプリンの片方の耳が、ぴくりと動く。

カスタードとキャラメルの色をした、ふてぶてしい態度の太った生物は、おおきく欠伸をした。

人間たちの争いなど知ったこっちゃない、と言わんばかりである。

「イヴ」

低い声で、父は娘の名を呼んだ。

彼は怒っていたし、怒っているのを隠しもしなかった。

「なんですか、ヴェルクラウス」

イヴが聞き返す。

こちらも喧嘩上等だ。

今までの、色々なものが溜まりに溜まっていた。

「どうして話すべきことを私に黙っている？　なぜ隠す必要がある？　今回の件に限ったことじゃない。お前は私が訊かなければなに一つ報告しないし、訊いても答えないことすらある。お前の保護者は誰だと思っているんだ？」

「ヴェルクラウスです」

「わかっているなら、なおのことだ。この間の数学のテストも机に隠したまま、報告していないだろうに」

ヴェルクラウスの言葉に、イヴは怒りにざっと髪の毛を逆立てる。

「勝手に見たんですか？　娘の机を勝手に⁉」

「何が悪い。私はお前の父親だ。だいたい二十三点などなんの冗談かね？　信じがたい話だ。眩暈に襲われたよ。暇さえあれば、芸術とも呼べないマンガみたいな絵を描いて、ゲームやら、三文小説やらしか読まんからこんな悲惨なことになるんだ」

ヴェルクラウスの言うことも、一理はある。

二十三点をとったときは、さすがに彼女自身もなんの冗談かと思ってしまった。

数学の時間を、教科書にぱらぱらマンガを描く作業に費やした結果だし、確かに自分も悪い。

だが、この状況下で自らの非を認めるわけにはいかなかった。

これは信用の問題なのだ。

「勝手に机をのぞくなんてプライバシーの侵害です！」

「円の面積すらまともに求められん馬鹿にプライバシーなんぞ存在せん」

「娘の人権と計算能力は別です。それに、円の面積は間違ってません。円周率はおよそ三ではなくて本当に三ですから。一三五億年の宇宙に比べれば小数点なんて無意味です。小数点以下は計算しない。それが私の正義です」

「そんな正義はゴミ箱に叩き捨てろ！　減らず口はマイナスの計算ができるようになって

からほざけ」

「マイナスなんて私のまわりには存在しません」

「生憎（あいにく）と数学の世界には存在しているんだ」

「数学なんてどうでもいいんです。私、美術系に進学するつもりですから」

「初耳だ」

「そうでしょうね、いま初めて言いましたから」

親子の横で、月面猫がのっそりと起きあがると、椅子から飛び降り、居間から出て行ってしまった。

ヴェルクラウスは溜息をついた。もう一度、繰（く）り返す。

「……なぜ話さない？」

「話したくないから」

対する娘の回答はにべもない。

「ヴェルクラウスと話してると、イライラするんです。私、感情が好きじゃありません。感情なんてあるからみんな不幸になる」

「――機械にでもなりたいのかね？」

「誰に対しても優（やさ）しくいたいだけです」

「わからんな」

「でしょうね」

会話が途切れる。決裂だった。

修復不可能だ。

「——人口管理局のミスだな。よくもこんなろくでもない娘を市民としてリュケイオンに送り出してくれたものだ。問題があるとわかった段階で……、受精卵の段階で排除すべきだった。あるいは幼少期の段階で矯正すべきだったよ」

眉間を押さえ、ヴェルクラウスが吐き捨てる。

さすがにこれにはイヴもカチンときた。

「あなたの遺伝子を持つ娘をあなたが育てた結果が私なのに、そうやっていつも自分の責任から逃げるんですね。だから、なにやってもカシマに勝てないんですよ！」

娘の罵倒に、ヴェルクラウスは眉を吊りあげた。

彼女の言葉がいままでになく彼の癇に障ったのは確実だった。

カシマ・キングダム——〈鉄道王〉との比較は彼にとって禁句に等しい。

一番気にしていることを知っていて、イヴは〈鉄道王〉の名を出したのだ。

やり場のない憤りが、相手にダメージを与えることを欲していたから。

「出て行け」

ヴェルクラウスは低く唸った。

「二度と戻ってくるな」

「言われなくてもそうします」

スポーツバッグを抱え、

「さようなら!」

怒り任せに玄関のドアを締めると、彼女は外へと飛び出した。

高技研の敷地を出て、スカイレールの乗り場に辿り着き、ようやくクールダウンしたイヴは、そのときようやく、父とここまで手ひどい喧嘩をしたのは初めてだったことに気が付いたのだった。

「へぇ、それで大喧嘩ねぇ……」

顚末を聞いたヤクモが他人事みたいな感想を漏らす。

「口は災いのもと。沈黙は金。時は金なり。――つまりさ、時は沈黙なりってことかな?」

「そのエセ三段論法はなんかちがいます」

「どこの家も大変だ」

「……ヤクモのとこは異常です。いっしょにしないでください」

とイヴ。呆れながら。

ヤクモの家系は特殊な家系で、家族は異様な家族だった。

彼の家は〈西暦最後の覇王〉から始まる火星の名門で、当主は代々火星の経済連の重鎮の地位に納まっている。

上の兄はいざこざを起こして新世界に亡命。十一年経ったいまは計画官僚として、議会の一角を占め、十次元構築航法により太陽系の〈ゲート〉を占有するキングダム・グループの〈鉄道王〉となりおおせている。

下の兄は編曲家で、いまは木星拠点だが、巨大ネットワークゲーム〈アリス・オブ・アリス〉の管理者で、ついでに木星の六大賞金首の一人だ。

普通の家族がいないヤクモは電光掲示板を見あげ、目を眇める。

「あと三十分か……。もうちょっとゆっくりしててもよかったかな」

「どこにいたんですか？」

「カシマ兄さんのとこ」

「……カシマの商談どうなったか知ってますか？」

助けてもらって時間を取らせたことを思い出して、イヴはヤクモにたずねた。

少年は小さく肩をすくめた。

「破談」

「………」

「あ、君のせいじゃないから。兄さんがサンプル忘れてったのが原因だから」

「サンプル？」

「そうそう。なんかさ、宇宙用ガラスの補強とかに貼る特殊素材……高硬度フィルムだったっけ？　そーゆーの直接売り込みに行ったってのに、肝心のサンプル忘れたんだってさ。それで取り引き相手が大激怒。バカにしてんのかって」

「……らしくないですね」

「うん。俺も思った。らしくない。けどま、そのおかげでのんびり話せたからいいや。こんな機会でもないとゆっくりできないしさ、あんまり頻繁に会いに行くと母さんがいい顔しないしねぇ」

「……大変ですね」

「なにが？」

「家族のこととか。いろいろ」

「まぁねぇ……。俺は兄さんたちのこと、恨めないし、嫌いじゃないけど。ただなんていうか……我を通そうとすると、誰かが割食うんだよね……」

しょうがないんだけどさ、とヤクモは鼻の頭をかいた。

少年には悲壮感こそなかったが、少しだけやり切れなさが浮かんでいる。

十一年前、経済連と長兄との間で板ばさみになった彼の父親は自殺していた。

「ちょっとお茶買ってくる」

待ってて、と言い残してヤクモは売店に入って行った。

新世界都市宇宙港の窓の向こうには深淵の宇宙が広がっている。

闇の中で規則的に点滅する警戒灯の赤い光の先に、ブレスレットのような形をした白銀の巨大な構造物が複数、浮かんでいた。

その側面にはキングダム・グループの象徴たる幾何学的な線画の紋様が入っている。

――それが〈ゲート〉であった。

あの一つ一つは、火星や地球、それに木星に造られたもう一方の〈ゲート〉と繋がっているのだ。

それは十次元構築航法――〈ゲート〉間の六次元空間を通ることにより、距離をショートカットする、宇宙の高速道路だ。

もっとも、この〈ゲート〉システムの所有者が〈鉄道王〉と渾名されていることを考慮すると『高速鉄道』と評する方が正しいかもしれないが……。

大小様々な船舶型の航宙艦や、飛行機型の航宙機が、緑色の誘導ビーコンに導かれ、塵を掻き分けながら〈ゲート〉に消えて行く様子をイヴがぼんやりと眺めていると、ふと無骨な清掃用HHUMによって視界が遮られた。

両手がやけに長い、へんてこなHHUMはせっせとゴミ箱の袋を入れ替えてゆく。

イヴに気づいて、顔の光点を点滅させせると、恭しく一礼してHHUMはゴミ袋を引き摺って戻って行った。

HHUM――Highly-Humantype Universal Machine、ヒューム。

人間の書いた人工言語によって制御されていることから言語機械とも呼ばれている。

どのHHUMも二足歩行だが、人そのものの姿からはかけ離れていた。

blue970シスター・ブルーの反逆以降、人間と区別のつかない容貌のHHUMも、喋るHHUMも作られてはいない。

暴走を恐れて、ＨＨＵＭは意図的に人間性を排除しているのである。

イヴがふたたび窓の外に視線を向けたとき、突如、宇宙港に警報が鳴り響いた。

〈ATTENTION〉〈ATTENTION〉〈ATTENTION〉

緊急事態を知らせる赤い表示が一面に浮かんだ刹那、宇宙港のロビーは炎に包まれた。

倒壊する柱、亀裂の走る床、タイルが捲れあがり、――裂け、崩落する。

彼方此方で悲鳴があがった。

パニックを起こした人々がいっせいに出口めがけて殺到した。

イヴの手を鋼色の髪の少年が掴んだ。

少年はイヴの手を引き、タラップを走り、航宙機へと飛び込んだ。

飛行機のようなフォルムの航宙機はゲートに吸い込まれて行く。

宇宙港が立て続けに爆発した。

――そこで世界が真っ白になった。

イヴは我に返る。

平穏そのものの宇宙港のロビーを、何事もなかったかのように人々が行き交っていた。

目の前の世界は、普段と変わることのない喧騒に包まれている。

「………」

イヴは額に手を当てた。じんわりと汗ばんでいる。

また、白昼夢……。

それにしてもさきほどの映像はなんだったのだろう？

夢にしてはずいぶんと細部までリアルだった。

なんかヘンだ。

やっぱりちゃんとした医者に相談したほうがいいのかもしれない。

ヴェルクラウスに言って――。

ダメだ。

あんな冷血人間に相談なんてとんでもない。

ぐるぐると考え込んでいると、

「ひゃっ！」

冷たいものが首筋に押し付けられ、彼女は飛びあがった。

驚いて振り向くと、お茶の缶を手にしたヤクモが立っていた。

「びっくりした……」

「おまたせ。行こっか」

笑いかけると、ヤクモ・イシュカ・シバは搭乗口へと歩き出す。

なにやら釈然としない、腑に落ちないものを抱えながら、イヴもその後を追った。

V

再生コマンドを選択すると、イヤホンからテクノライズされた音楽が流れだす。

トントン、とハルナは指でディスプレイを叩き、リズムを取る。

D-HHUM〈無幻〉の暗いコクピットの中で、メインディスプレイがほんやりと発光していた。

〈ExPLORe...〉

最愛なる〈無幻〉は退屈している。

ハルナは鋼色の長い前髪の下から、無気力で虚ろな琥珀の眸をディスプレイに走らせた。

ハルナ・レナード・シバは火星生まれ火星育ちの二十歳の青年だったが、いまは木星の無法者の一員と世間には見なされている。

好きに生きてきて、気がつけば木星の賞金首の一人になっていたのだ。

細身の体にまとう服は至ってラフ。無地のTシャツとジーンズというたちで、賞金首だといわれても、まるでぴんとこない。

彼は先日、奇妙な相手から実に奇妙な依頼を受けた。

依頼者は〈ブルーフラワーズ・ワールドエンド〉の指導者、シスター・ブルー。

依頼内容は、新世界都市に侵入し、防衛システムを適当に撹乱して、ついでにハッキングをかけて、〈無幻〉から可能な限り都市ネットワークに情報を流し込むこと。

それだけだ。

報酬は莫大だった。

ただし彼は金には困っていない。

だが、あまりにも奇妙な依頼だったから、ハルナは引き受けた。

好奇心に勝る動機など、この世には存在しないと彼は考えていた。

ハルナは銜えていたスティック——木星産の合法ドラッグを吐き出す。

「行こうか、〈無幻〉」

〈i-ReADY…〉

〈¿U-ReADY ?〉

ディスプレイに文字列が浮かぶ。

〈無幻〉があなたの準備はできているか、とたずねてくる。

「ああ」

頷くと、ハルナはD‐HHUMの操縦桿へと手を置いた。

両手の甲にプリントされた木星製エンジニアリングタグの幾何学模様のフェムト回路が微発光した。

強制隷属回路を切断。

暗号方式をfiiC‐97に。新世界都市のスタンダードと合わせる。

言語は標準のまま。ここは自動翻訳ソフトが必要な木星圏ではありえない。

同じ言語、同じ規格、同じ知識を共有する、プラグドたちの住まう新世界だ。

〈ReAD‐ING〉

〈i‐GO‐AHeAD〉

都市ネットワークに接続。

複合ウェザーレポートを収得。

位置情報を収得。

ハッキングを開始する。


〈i-GO〉


〈無幻〉が起動した。

刹那、灯りの点る、夜のリュケイオンⅦの工場に運び込まれた貨物トレーラーが内側から吹き飛んだ。

中性微子走査を防ぐための擬装用ダークボックスが自動的に解体されて行く。

ダークボックスの中から姿を現したのは貌のない、全長十三メートルにも及ぶ、巨大なHHUMであった。

D・HHUM、ダイナソー型高度ヒト型万能機械。

〈無幻〉は人工知能を搭載した有人ヒト型戦闘機。フィラデルフィア計画によって造られた五機の〈オーバーロード〉シリーズのうちの一機だ。

LR.D4.OvL-03〈無幻〉

設計者はヴェルクラウス・ハイデンライヒ。出資者は新世界都市とカシマ・キングダム個人が折半した。

八七年争乱後、権利者で揉めた末、紆余曲折を経てハルナの私物となった代物だった。

貌を奪われた〈無幻〉を構成するカタチは、流線と直線の連続であり、メカニカルな重厚さと生きてる像のような神話性を併せ持つ――まさにそれは工学的機能美の精緻をきわめた。

形態は常に機能に従う。

シルエットに多く見られる特徴的な曲面は、数学的な美しさを有している。

自然を超えるため、物理法則と機能の限界に挑んだ際に生み出される、あの洗練された美しさを内包していた。

例えば戦闘機。――エリアルールに従ったその線。

例えばレーシングカー。――ダウンフォースを得るためのその形態。

強いものは美しい。美しいものが強い。

速いものは美しい。美しいものが速い。

それを具現化した存在こそ、〈無幻〉。

——少なくともハルナはそう思っている。


〈eNEMy〉


〈無幻〉が敵の存在を知らせた。

言葉を奪われたＨＨＵＭたちとは異なり、〈オーバーロード〉シリーズは音声こそないが文字を有している。

全ＨＨＵＭに義務付けられた強制隷属回路も自由に解除することが可能だった。

明らかにアンチ・ピグマリオン条約に違反した機体だった。

なぜこんな違法の塊のようなものが存在しているのかは、ハルナは知らない。

おそらく設計段階で——フィラデルフィア計画でなにかあったのだろうが、そんなことは彼には興味のないことだった。

非常警戒警報が鳴り響く。

異変を察知した、新世界都市の無人戦闘機〈ライカリス〉が、〈無幻〉を迎撃するため緊急出動してきたのだ。

四機編隊の四ユニット、全部で十六機だ。

〈ライカリス〉は、機首がさがった、首をかがめた鶴のような形状と、幅の広い前進翼を持つ特徴的な無人戦闘機である。

流体研究所の研究者が限界を超えるべく、自然と闘った末に獲得した数値を具現化し、曲線に閉じ込めた〈ライカリス〉は、美しい戦闘機だ。

けれど、〈無幻〉ほどではない。

結論づけて、ハルナは操縦桿を握る手に力を入れた。

エンジニアリングタグをインターフェイスにして〈無幻〉と接続された彼の脳に、莫大な情報が流入してくる。

コクピット内を情報の奔流が覆い駆け巡る。

マシンの一部と化したハルナの琥珀の双眸を、データを含んだ光芒が間断なく通り過ぎてゆく。

彼はもう瞬きをすることはない。

ヒューマンではなく、マシンだから。

〈i-eNGAGe-U〉

交戦体勢に突入。

〈無幻〉は重力緩和をかけて浮上すると、自らのその形状をヒト型から戦闘機型へと変える。——高速の衝撃がリュケイオンⅦの都市に反響した。

工場地帯を抜け、ビルとビルの間、道路スレスレを遷音速で飛行する。

母親に手を引かれた幼い少年が、あんぐりと口をあけて見あげていた。

リュケイオンの都市防衛システムが起動し、構造物に対しての防御力場が張られる。力場は〈無幻〉が作る衝撃波とぶつかり合い、渦巻き、相殺しあった。

夜の闇を切り裂き、都市を疾走する〈無幻〉を、〈ライカリス〉の大群が追ってくる。

——加速。

急速　上昇。

速度を——運動エネルギーを位置エネルギーに替え、〈無幻〉は警戒灯の点滅する人工の夜空へと天馬のように駆けのぼって行く。

ブースターを点火する。

蒼い光芒をノズルから撒き散らしながら、〈無幻〉は瞬く間に真上まで二万メートルを駆けのぼった。

交換炉の駆動する唸りがコクピットに響く。

はるか足元に広がるのは、どこかで見たような都市の光景であった。

様相が異なるだけの同じ建物が延々と並んでいる。

それらはすべて同じ文法で書かれている。

都市を記述する文法は一つしかない。

規格の同じ、凡庸な都市に局所化した個性は、結局は没個性の凡庸でしかありえない。

その都市に住む市民もまたしかり。

〈無幻〉はトーラス型の都市を、反時計回りに駆け抜ける。

前方に敵機八。後方、六時の方向からも敵機八。

二手に分かれて挟み撃ちにするつもりらしい。

ハルナは〈無幻〉をロールさせながら高度を落とす。

背後に回りこみ、再びヒト型へ。

同時に量子ウイルスの白い流速を打ち込んだ。

直撃した指揮官機二機が制御不能になって、錐揉みしながら落ちていったが、残った機体の中から、指揮官機が現れ出て、編隊を組みなおした。

〈無幻〉と〈ライカリス〉の群れが高速ですれ違った。

量子ウイルスを打ち込めば、〈ライカリス〉たちはいっせいに散開し、そしてすぐさま元の編隊へと戻った。

特定の指揮官機は存在しないが、戦術ネットワークにより、状況に合わせて都度、指揮官が出現するようにプログラムされているのだろう。

指揮官が消滅してはランダムに出現し、その都度編隊の構成を変え、アタックをかけてくる。

動きを予測しにくい。

アラートが鳴る。ロックされた。

〈ライカリス〉たちが一斉に放ったミサイルが空中で分解し、無数に分かれ一つ一つが知性化弾頭となって〈無幻〉めがけて降り注ぐ。

知性化弾頭は百発百中。

だが、ハルナは誘導軌道を電子攻撃によりキャンセルした。

標的を見失った弾頭が夜空を彷徨する。

〈無幻〉とハルナに電脳戦で勝てるものなどありはしない。

弾頭と弾頭の間を〈無幻〉は螺旋を描きながら滑降して行った。

　データを受信しながら飛行するそのＤ-ＨＨＵＭの装甲に組み込まれた微小回路は、絶え間なく発光点滅を続け、赤い航空灯と共に描きだす軌跡が光の筋として夜空に幻想的な曲線を作り出す。

〈無幻〉は右足で着地、コンクリート片を巻きあげながら、十メートルほどで後退し、停止した。


〈i-FiRE〉


　そのまま電磁ライフルを中射程モードにして構えると、猛追する〈ライカリス〉の大群めがけてエネルギー波を射出した。

　いくつもの流速が、予測不可能な軌道を描いて、十四機の無人戦闘機に襲い掛かった。

　戦闘機が次々と落ちて行く。


〈i-KiLL〉

〈i-KiLL-U〉

〈無幻〉の歓喜。

目標を外れたエネルギー波は重力波防御帯に接触し、エネルギーが歪み、霧散し、光へと姿を変えた熱量が摩天楼群に煌めいた。

増援が来る。

ハルナは彼等に捕まる前にその場を離れることにする。

リュケイオンⅧからシャフトを通り抜け、宇宙港へと向かった。

いまも都市への電脳攻撃は続けていた。

すでに依頼はあらかた完了していた。

後は逃げるのみ。

通り過ぎようとする宇宙港の窓に、見慣れた少年の固有関数をレーダーが感知し、ハルナは〈無幻〉を減速させた。

数値を実映像に切り替え、拡大すると、瞠目した少年が、宇宙港からＤ‐ＨＨＵＭを驚いたように見あげていた。

「ヤクモ……？」

弟だ。

なぜこんなところにいる？

疑問が過る。

〈¿i-DeSTROy-iT？〉

「――いいや、構わない」

攻撃意思を問うてくる〈無幻〉を窘め、ハルナは背後から追ってくる〈ライカリス〉を引き離すべく、再び加速した。

直後、宇宙港が爆発した。

けたたましい警報が、宇宙港全域に鳴り響いた。

〈ATTENTION〉〈ATTENTION〉〈ATTENTION〉

緊急事態を知らせる赤い表示が一面に浮かんだかと思えば、宇宙港のロビーは炎に包まれた。

柱が倒壊し、床に亀裂が走った。
そして床と天井が、崩落を始める。
なにが起こったか理解できず、イヴは呆然と立ちすくむ。
「イヴ、走れ！」
ヤクモの声に、我に返った。
足元が崩れかけていた。
イヴはすぐさま都市ネットワークへの緊急コードを要求。
許可を受諾。――〈加速〉を選択。
緊急時用の都市ネットワークを借り、彼女の脳の処理速度が相対的に高速化する。
時間の進みが遅く感じる。
テレビの動画映像がコマ送りに見える。
イヴは床が崩落する寸前、少年の下へと走った。
だが、脳の処理速度はすぐさま減速し、元に戻ってしまう。
宇宙港にいるプラグド全員がイヴと同じ方法を取ったので、回線が落ちたのだろう。
立て続けに、彼方此方で悲鳴があがった。
パニックを起こした人々がいっせいに出口めがけて殺到した。

「くそッ」

少年が忌々しげに舌打ちする。

「ヤクモ、航宙機！　航宙機に逃げれば‼」

イヴは咄嗟に叫んでいた。

先ほどの白昼夢が咄嗟に脳裏を過ったのだ。

イヴの手をヤクモが掴んだ。

鋼色の髪の少年はイヴの手を引き、灼熱の地獄と化したフロアを走り抜け、タラップを越え、停泊していた航宙機へと飛び込んだ。

ヤクモがハッチの閉鎖ボタンを叩き押した直後、背後で立て続けに爆発が起こった。

『ここより先、都市通信網なし』――宇宙空間に標識が出ている。

かまわず、ハルナはE・M・L4宙域の微かな塵の雲を切り裂きながら突破した。

そこより先はインフラのない未開拓な宇宙。つまりネットトークの切れ目だ。

デジタルマシンである〈ライカリス〉は通信網の切れ目で停止し、引き返して行った。

彼等は端末であるからネットワークの整備されていない場所では活動できないのだ。

〈無幻〉とてネットワークの外では電脳戦はできない。

先ほどの電脳攻撃で機体性能が落ちていた。

ハルナは〈無幻〉との量子接続を切った。

自動／手動
デジタル／アナログ
機械（マシン）／人間（ヒューマン）

現象の変換（へんかん）、切り替えが行われる。

機械がヒトへと戻る。

夢から醒（さ）め、本来の姿を取り戻す。

接続が切断。魔法（まほう）の終わり、現実が回帰する。

不連続なデジタル波形が、連続なアナログのそれへと戻る。

交換炉の制御力低下とともに出力ダウンし、コクピット内の停滞（ていたい）空間が弱まった。

相殺し切れなかった力がハルナへとかかり、Gで骨が軋（きし）みをあげた。

二次元ディスプレイの九割が落ち、回路の発光が止まる。

装甲に組み込まれたフェムト回路の光も消える。

光／光処理系から光／電気処理系へと変わり、量子回路が電気回路に変わる。

ごぼごぼ、と不気味な音を立てて、機体の裡を冷却水がまわり始める。

完全な手動となってしまった操縦桿を引き、ハルナはゆっくりと〈無幻〉を新世界の宙域から離脱させた。

彼は非通信網の通常空間での操作は上手くない。こんなところで敵と格闘戦をする気はさらさらなかった。

新世界から遠ざかりながら、ハルナは宇宙港の爆発のことを考える。

あれは彼の所業ではなかったが、タイミング上、濡れ衣を着せられそうではある。

まあ今更自分の罪状とその首にかかった賞金が増えても、たいしたことはなかったが。

あの場所にいた弟の安否が一瞬、脳裏を過らないでもなかったが、ハルナはすぐに忘れてしまった。

そう、どうでもいいことだ。

〈無幻〉以外のすべては、ハルナ・レナード・シバにとって些事でしかなかった。たとえ実弟であろうとも。

目を閉じ、そしてもう一度開くと、瞬かぬ星々の中に、畏怖を覚えるほど巨大な月が浮かんでいた。

蒼白い燭光を放つ月面の裏――その彼方此方に赤い工場の灯が輝いている。

気が付くと音楽が終わっていた。

ハルナはイヤホンを外した。

Ⅵ

廊下を鳴らす律動的な靴音に気付いたラーナーは、慌てて開いていたウィンドウを消した。

上司の足音はすぐわかる。

いつもなら、休憩――サボりとも言う――を隠したりはしないのだが、ここ数時間、彼の上司の機嫌は最悪だった。

いったん宿舎に戻ってから後のことだから、どうせ娘となにかあったのだろう。

やれやれ、迷惑な話だ。

ドアが開いてヴェルクラウス・ハイデンライヒが研究室に入ってきた。

上司はいつもの白衣ではなく、白を貴重としたシンプルな官服に身を包んでいた。

「ラーナー君、すまないがしばらく毛玉を預かってくれ」

上司は月面猫のプリンの入ったケージを、露骨に嫌そうな顔で突き出してくる。

ヴェルクラウス・ハイデンライヒは大の猫嫌い、動物嫌いであった。

つまり猫は娘が拾ってきたものらしい。

飼い主の気など我関せず、大欠伸をするプリン色の『毛玉』を受け取りながら、ラーナーは、はてと首をかしげた。

「いいですけど。出張ですか？」

「生憎とそんな気楽なものではないよ。宇宙港の爆発の件で上から呼び出された」

「ああ、はいはい。いま大騒ぎになってるあれですね」

ケージをいったん足元に置いて、ラーナーはディスプレイをニュースに切り替える。

『当局は事故・テロの双方から事件を検証し、早急に事実関係を明らかにする方針を打ち出しています。現場では未だ懸命の救助活動が続けられており、レスキューチームはＩＦタグの生体反応を頼りに生存者の捜索を――』

リュケイオン・ニュースは瓦礫となった空港の一部を大写ししていた。

死亡者百二人、行方不明者九十四人。――大惨事だった。

映像がＳＳＮ国際回線による〈鉄道王〉カシマ・キングダムの会見へと切り替わる。

ラーナーは上司を仰ぎ見た。

「事故調査委員会か何かですか？」

「いや。救難だ」

「助けに行くってことですか？　それ、レスキューの仕事でしょ」

ラーナーはきょとんとなってしまう。

このホワイトカラーな上司にレスキュー活動ができるとも思えない。

いいや、とヴェルクラウスは首を横に振る。

「航宙機が一機、爆発の影響で〈ゲート〉の次元波に飲まれて遭難したらしく、十次元構築航法について知識のある専門家が必要なのだそうだ」

「ああなるほど。〈ゲート〉にも被害が出たわけですね。……ったく、どこのどいつか知らないけど、インフラ狙うとか最悪じゃないか」

「世間ではハルナ・レナード・シバが犯人だともっぱらの噂だがね」

「そーでしたねぇ。所長が設計した機体の現所有者ですすねぇ」

やだな、また高技研への風当たりがきつくなる、とラーナーは憂鬱そうに溜息をついた。

だが、渦中のＤ‐ＨＨＵＭの設計者は冷静なものだった。

個人的には、とヴェルクラウスは吐息した。

「ハルナがあんな原始的な破壊活動をするとは思えんがね。あれは電脳戦機〈無幻〉のやり方ではない」

「まあ、ボクもそう思いますけど。でもですね、いきなりリュケイオンに不法進入してきて、ライカたん十数機を叩き落とした後、宇宙港に迫って、直後に大爆発ですよ？　そりゃ誰でもハルナを疑いますよ。あー、もう。高技研の前身が造ったD-HHUMで暴れるのは勘弁してくれって感じですよ、ほんと」

「……ライカたんとは何者かね？」

「無人戦闘機Uf-8〈ライカリス〉の愛称です。可愛いでしょ？　擬人化フィギュアも絶賛発売中です」

「……なぜ擬人化する？」

「そっちのほうが可愛いからです」

「想像力の欠如だな」

嘆かわしい、と侮蔑を込めて呟いて、ヴェルクラウスはかぶりを振った。

「いやいや。ボクの感性は所長よりマトモですよ。所長と違って三角定規に欲情しないし。ボクと同じ感性の人たちが多数いるからフィギュアだって売れるわけで」

「毛玉を頼むよ」

長々と語り出す部下を遮り、ヴェルクラウスは念を押した。

「はいはい。了解です。――ところで、イヴちゃんは？」

彼女がいるならわざわざ猫の面倒をラーナーに頼む必要などないし、だいたい猫ではなく娘の面倒をよろしく、と頼むのが普通だろうに。

「研修旅行だ」

不機嫌をあらわにヴェルクラウスは答えた。

「そりゃ初耳。学校のですか？」

「太陽系会議の主催だったと思うが」

「どこ行ったんです？」

「知らん」

「知らんて……。娘のことくらいちゃんと覚えときましょうよ」

至極当然の突っ込みだったが、なぜかヴェルクラウスに睨まれて、ラーナーは身をすくませた。

「こいつに親の常識説いても無駄よ」

研究室のドアに凭れかかったメイア・ラウスが言った。――いつの間にか、いたらしい。

ヴェルクラウスは冷ややかな視線を、おのれのボディガードへと投げかけた。

「木星出身のサイボーグに親子の問題をとやかくは言われたくないね」

「失礼ね。あんたらプラグドと違って一応自然出産できるし、アタシらのほうが家族ってもんをわかってるわよ」

「……君は子宮があったのか」

ヴェルクラウスは信じられないものを見るように、まじまじとサイボーグの女を眺めた。

「あるわよ。だからつき合ってたころ、ちゃんと避妊しろって言ったんじゃないっ！」

「うわああっ、生々しい！　止めてください！　生々しい話は聞きたくないぃ～!!」

たまらずラーナーは耳を塞いで、机に突っ伏す。

目の前のニュース画面は死亡者リストを流し始めていた。

電子音が鳴り、

『ヴェルクラウス様』

ハイデマンが緊急強制回線で割り込んできた。

アーダルベルト・ハイデマンは灰色の髪を綺麗に撫で付けた、執事然とした老紳士でボディガード隊の隊長である。

『落ち着いてお訊きください』

ポーカーフェイスで、ハイデマンは切り出した。

ヴェルクラウスは不愉快気に眉をひそめた。

「私はいつだって落ち着いている」

『それは結構』

ニュース画面の死亡者リストが、行方不明者リストに切り替わった。

「あっ」

ラーナーは思わず声を漏らす。

彼は慌ててその画面データをテイクし、二次元画面を掴むと、椅子から飛び降りた。

「所長、これ――！」

『イヴ嬢の名前が宇宙港事故の行方不明者リストにあります』

ハイデマンが淡々と主に告げる。

行方不明者リストの一文はただそっけなく、氏名と年齢、性別、そして出身地だけが書き記されていた。

イヴ・ハイデンライヒ（12）／女／新世界都市リュケイオンⅡ――と。

第二章　猫ときどきテロリスト、のち機械。

I

〈鉄道王〉カシマ・キングダムは見る者を萎縮させるような鋭い琥珀の双眸を持つ、彫りの深い、無国籍な顔立ちの長身の男だった。

俳優みたいだ、と人は彼を褒める。

仕立ての良いスーツの上にコートを羽織り、高速エレベーターの窓から外を眺望する彼の姿は、それだけで映画の一シーンのようだ、と首席秘書官アイリーン・フェイはひそかに思う。

しばしば『食えない女』と評される秘書官アイリーンと、彼女の上司にして、キングダム・グループ総帥兼新世界議会計画官僚であるカシマを乗せたエレベーターは、地表へと下降していた。

途方もない加速にもかかわらず、停滞空間に包まれた内部は静かだった。

視線を積層ガラスの窓に転じれば、そこには人工の闇の中に浮かんだ、無数の構造体の光点が見て取れる。

決して消えることのない、リュケイオンＩの都市の灯が輝いている。

夜空の下に広がった都市と、夜空の上から逆向きに吊り下がった都市。――それは空から世界が落ちてくるがごとくの錯覚を人々に与えていた。

偽物の夜空が蜃気楼のように投影された逆さ吊り都市の空には、赤と緑の誘導灯で線が引かれている。

かつて人類が憧れた、残酷で自由な大空は、最早ここには存在しない。

あるのはただ、管理され、規制され、安全になり、窮屈になった夜空の路。

エレベーターの下降とともにリュケイオンＩの姿が徐々に大きくなってゆく。

カシマはわずかに目を眇めた。

太陽系の交通網を独占し、巨万の富を得た〈鉄道王〉のその琥珀の双眸には、闇を克服した幻の夜景が映っている。

「責任の押し付け合いになりそうですわね」

アイリーンが上司に言った。

なにが、とはカシマは訊かない。訊かずともわかる。

三時間前、宇宙港で起きた爆発は、気化爆弾と誘火弾によるものだと結論づけられた。

——公式には未発表であったが。

犯人は不明。犯行声明はなし。

同時刻に〈無幻〉とハルナが不法侵入し、宇宙港付近にいたことから彼らが犯人であるとする声もあるが、真相は不明。

「それはうちの弁護士どもに任せるさ」

肩をすくめた上司に、

「おまかせください。我が社の弁護士は有能ですわ」

アイリーン・フェイは微笑みをむけた。

新世界においてカシマ・キングダムは微妙な立ち位置にある。

彼は火星からの亡命者であり、現在は新世界都市で地位を得ながら巨大複合企業キングダム・グループの総帥の地位にもついている。

十次元構築航法〈ゲート〉技術によって、惑星間の長距離交通を一手に押さえ、周辺事業により莫大な富を築きあげたカシマは、その存在自体が、知識を共有し、ともに改良しあい、個人としての発明権・所有権を放棄した新世界市民の信条とは相反していた。

だが彼に企業を放棄させようにもキングダム・グループ本社は木星にあり、新世界都市の法の力は及ばない。

カシマ・キングダムが計画官僚でいることにより、太陽系の流通の覇権を間接的に新世界が握れる恩恵はあるにせよ、なにかにつけて『火星流のやり方』を押し通そうとする彼を嫌う者はけっして少なくはない。

今回、事件が起きた宇宙港は一部が公営で一部が彼の私物であった。

それ故、この機会に彼を快く思っていない者たちが大攻勢をかけてくるのは火を見るよりも明らかであった。

まったく、とカシマ・キングダムは皮肉な形に唇の端を歪めた。

「商談の破談といい、宇宙港爆破といい、今日ばかりは神を恨みたい気分だ」

秘書官は上司の意外な言葉に目をしばたかせ、悪戯っぽい光を煌めかせる。

「あら、閣下は神をお信じになるのですの？」

「有用な場合にはな」

にやり、とカシマは笑う。

彼は合理主義の塊のような人間であり、神だろうが、国だろうか、愛だろうが――あらゆる概念は都合によって姿を変える道具にすぎなかった。

カシマはコートから片方の手袋を取り出すと、右手に嵌めた。

左手はすでに手袋をしている。

カシマ・キングダムは、常に左手の手袋をはずさない。

彼は左利きだから、その左手にとうぜんＩＦタグがあるのだが、彼はそれを決して人に見せようとしなかった。

火星生まれの男はプラグドではない。本来、ＩＦタグを必要としていない人種なのだ。後づけのタグを隠すのは非プラグド系火星人種のプライドゆえであろうと噂されていたが、本当のところは当人しか知りえぬことである。

〈鉄道王〉は目を閉じ、吐息する。

「気持ち悪いほど人工的な街だな」

彼の言葉尻に重なるように、エレベーターはまばゆい光の奔流に包まれた。

エレベーターが摩天楼群に突入したのだ。

地表が近づいてくる。

カシマ・キングダムはリュケイオンが嫌いではなかった。

征服され、設計された空と地は、誤謬と無知の支配する、恐怖に満ちた原始の闇より、はるかに美しく心地好い。

だが、それでも彼の望む世界とは、都市は乖離していた。

「……助かったんですか？　――わわっ」

激しい揺れが収まり、起きあがろうとした途端、イヴの体が浮きあがった。

無重力。――ここは宇宙空間に浮かぶ航宙機の中なのだ。

天井に頭をぶつける寸前。

ヤクモが少女の手を掴み、ドアの手摺りまで引き寄せた。

「気をつけて。はい、ついでにこれも」

とイヴのスポーツバッグを渡してやる。

「ありがとうございます」

バッグを抱きしめ、イヴは安堵の息をつく。

バッグにはアノマロカリスのお守りがついている。

もしかしたら、この古生物のお守りが彼女を守ってくれたのかもしれない。

ヤクモは呆れ気味に少女を見おろす。

「イヴさ、あの状況でよくこんな荷物持ち出せたもんだね」

「どっちかっていうと荷物を放り出す余裕がなかったというか……。ヤクモこそ、よくそれだけ選べる余裕がありましたね」

　イヴが言う。

　少年は自分の荷物を放りだしていた。

いま彼の手にあるのは、無地の布に包まれた長い棒のようなものだけだ。

「ま、ね。これは形見だからさ」

　さすがに置いてくるわけにいかなくて、とヤクモは肩をすくめた。

　イヴは辺りを見まわす。

「これ、研修用の航宙機ですよね？　それにあの爆発……一体何が……」

「さあね。テロっぽかったけど」

　運が悪い、と軽く答えるヤクモに悲壮感はない。

　いつもと同じ調子だった。

　イヴはＩＦタグから情報を得ようとしたが、接続が切れていた。

　通信でＳＳＮ量子共鳴通信網の国際救難回線も試してみたが、これもダメだった。

「……外と繋がりませんね。私たち通信網外のとこに飛ばされちゃったんでしょうか？」

　困って、おそるおそるヤクモを見あげると、

「とりあえず状況を確認しますか」

溜息一つついて、ヤクモは通路のドアを開け、中に入っていった。

「あ、ここはちょっとだけ重力が生きてますね……」

客室の微重力下でイヴは床に足をついた。

客室空間だけは、歩ける程度——月面程の多少の重力制御が効いているようだった。

客室には三列の座席がずらりと並んでいる。

火星ガーンズ社の中型航宙機〈テンペスト77〉の座席数は六十だが、いまそこにいたのは、わずかに三人だけだった。

くせ毛にそばかすの、今にも泣き出しそうな痩せっぽちで小柄な少年。

暗褐色の肌に漆黒の髪、赤と青のオッドアイの険のある雰囲気の少女。

中途半端な長さの赤銅色の、他より少しだけ年上にみえる軽そうな少年。

イヴとヤクモに彼らの視線が集中した。

「……こんにちは」

とりあえずイヴは小さく会釈する。

「良かった！　まだ生きてる人いたんだね！」

駆け寄ってきたそばかすの少年がイヴの手を取った。

「できるなら状況を教えてほしいんだけど」

ヤクモがたずねると、壁にもたれかかったオッドアイの少女は、腕を組んだまま、顎をしゃくった。

「外を見てみろ」

少女にしてはぶっきらぼうな言葉に促され、ヤクモは航宙機の窓から外を覗く。

岩石や小惑星、それに明らかに人工物と思われるゴミが、周囲の宇宙空間に漂い、視界を防いでいた。

その向こうに月が覗いている。新世界から見えるのとほぼ同じ大きさ。

だが、新世界都市は見えない。

「――E‐M・L5……かな？」

太陽系の地図を思い起こしながら、ヤクモは呟いた。

月‐地球軸を挟んで新世界都市と対角に位置するE‐M・L4の重力静止点には、都市建設のための材料として持ってこられた小惑星などが放置されており、ついでに悪徳業者による不法投棄の場と化していた。

いわば宇宙のゴミ捨て場だ。

「ご明察。――オレらもちょうどその結論に至ったところだ」

赤銅色の髪の少年が、ヤクモの肩を叩いた。

拍子に彼の左耳にだけ付けられた、民族的な意匠の耳飾りが揺れる。

「…………」

なにかに気付いたように耳飾りを観察するヤクモにはかまわず、赤銅色の髪の少年は首にかけていたカメラを機外に向けると、立て続けにシャッターを切った。

イヴは思わず眉をひそめた。

「……なにしてるんです？」

「そりゃ、今日という日にオレという人間が生きた証を残してるわけですよ、おちびちゃん。万一ここでオレが死んでミイラにでもなったとしても、その後だれかがこのカメラを発見してくれるかもしれないっしょ？」

「やめてよっ！　死ぬとかそんなの縁起でもないよっ!!」

そばかすの少年が悲鳴に近い抗議の声をあげた。

少年の目じりに滲む水滴は今にもこぼれんばかりの状態だった。

ヤクモは前方のドアから出て行こうとするオッドアイの少女に気づく。

「そこの黒ジャケットさん、どこ行く気？」

その背に声をかけたが、オッドアイの少女のほうはというと振り向きもせず、ぼそりと答える。

「……コクピットだ」

「んじゃ、俺も」

ヤクモが続き、カメラを手に赤銅色の髪の少年もそれに続く。

三人を追おうとしたイヴの制服の外套を、そばかすの少年がぎゅっと握り締めてきた。潤んだ鳶色の瞳で自分を見つめてくる少年は、おそらくイヴと同じか少し年上くらいなのだろうが、ずいぶんと幼い印象を与えていた。

イヴは外套を掴む少年の手に、そっとおのれの掌を重ね、少年を励ます。

「大丈夫です。ここがE・M・L5なら新世界までたった六十六万キロです。きっとすぐに誰かが助けに来てくれますよ」

「『たった』六十六万キロ、ねぇ……」

前を行く赤銅色の髪の少年が、あきれたような一瞥をイヴへとくれたが、それ以上はなにも言わず、ポケットに手を突っ込みながらコクピットへと向かった。

Ⅱ

「十次元構築航法は現四次元空間に、通常状態においてドーナツ状になって隠れている六次元空間を仮想的に引きずり出し、切り開き、その両端を〈ゲート〉として固定することによって成立している航法です。〈ゲート〉中の虚数六次元空間を通る航宙船舶は、現実空間の直線距離に対してショートカットをしているのです。次元を上げれば距離の短縮が可能なことは、たとえば二次元平面状の二点を考えていただければおわかりになるでしょう」

ヴェルクラウス・ハイデンライヒの掌の上に、折り紙の画像が浮かび上がる。

折り紙の上に二点、Ａ、Ｂが示され、二点は線分で結ばれる。

「二次元平面状にある二点の最短距離はもちろん、二点を結ぶ線分ＡＢです。けれど次元を一つあげた三次元においてはこのようなことが可能です」

折り紙が折りたたまれる要領で歪曲し、点Ａと点Ｂが空間的に近づいて行き、平面状に引かれた線分よりも、空間距離が短くなった。

「今回の件では、爆発の影響で一時的に〈ゲート〉が制御不能に陥り、新世界側宇宙港〈ゲートＡ０５〉に突入した航宙機〈テンペスト77〉が、本来の出口である地球南極港〈ゲートＣ０５〉に出ず、途中でどこかに放り出されたと考えられます。要は虚数六次元トンネルがどこかで破れて、どこかに落ちたのです。〈テンペスト77〉のこの遭難場所については計算による予測が可能です」

いったん言葉を切り、ヴェルクラウスは付け加えた。

「あくまで確率的に」と。

彼は今、宇宙救難局の緊急捜索本部に召喚されていた。

円卓の中央に表示されたディスプレイには、青白い粒子を排出しながら〈ゲート〉へと呑み込まれて行く、長い機首と可変翼を持つ飛行機型の航宙機〈テンペスト77〉の映像が繰り返し映し出されていた。

この航宙機こそ捜索本部の救助目標だった。

「それで、その……ハイデンライヒ博士。あなたの計算によって導き出された〈テンペスト77〉の遭難場所リストについてなのですが」

リストを手にした救難局の局長は渋い顔をしている。

それもそのはずで、リストには確率十パーセント以下の遭難場所候補の宙域がずらずらと並んでいるのだから。

「似たようなパーセンテージの候補地が十七箇所もあるのですが、――……これ、なんとか絞れませんかね？」

「残念ながら。確率は確率です」

「さようですか……。しかし我々は、宇宙港での救出作業に人員を割いているし…その、非常に言いにくいんですがね、航宙機一機を探すために十七箇所同時にレスキュー隊をやるわけにはいかんのですよ」

「それは承知しています」

〈テンペスト77〉の乗員名簿に娘の名があった物理学者は、ただ頷き、それきり口を閉ざした。

局長は困惑を浮かべながら、額の汗を拭い、

「とにかく一番近いところから当たってみるか……」

ぶつぶつと呟きながら、データを持って隣の作戦室へと消えて行った。

彼の周りにレスキュー隊員たちが集まってきて、状況確認が始まる。

新世界から一番近い五万キロのところに一つ目のポイントがあるからそこから当たってみよう――そんなやり取りが交わされている。

この調子では主要な十七箇所の遭難場所候補を捜索し終わるのはいつになることかと、ヴェルクラウスが眉間を押さえたとき、ドアが開いてカシマが入ってきた。

「……どこで油を売ってたのかね、キングダム？」

溜まりに溜まったフラストレーションをぶつけるかのごとく、ヴェルクラウスは不機嫌そのもの顔で、三つ年下の同僚を睨みつけた。

だが、カシマのほうは特に堪えた様子もない。

「アマチュア天文家クラスタ『スペースフレンド』に〈テンペスト77〉に関する情報を流してきた。人命がかかってるんで、発見したら至急知らせてください、ってな」

「アマチュア……？」

ヴェルクラウスは眉をひそめた。

それから、嘲笑交じりに吐き捨てる。

「はっ。馬鹿馬鹿しい。素人に何ができる？　高技研の最新設備で、遭難場所候補に重点を置いて全天を走査しているというのに、有象無象にできることなどあるわけがない」

「集合知は新世界の十八番じゃなかったのか？　そう否定することもないだろうが」

「だから行き詰まっているんだ、新世界は！」

激昂ゆえ、ヴェルクラウスは知らず、声を荒らげていた。

近くの職員たちが何事かと振りかえった。

ヴェルクラウスは苦々しくトーンを落とし、

「ぶれの少ない、分散のない高いレベルの集団を集めても、所詮ものごとを変えるには、一人の天才が――外れ値が必要だ」

「その手のパラダイム論はさて置いて。利用できるものは最大限利用すりゃいい。宇宙を捜す目が一つ増えれば、そのぶん捜し物が見つかる確率はあがるってもんだろうさ。――たとえ比例的でなかったとしてもだ。これは蓋然性（がいぜんせい）の問題だ。天文家の連中は宇宙のことをよく知ってる。昔からアマチュアが幅（はば）を利（き）かせてた分野でもあるしな」

言いながら、カシマはシガレットケースから取り出したタバコを指の間で弄（もてあそ）ぶ。

「……禁煙（きんえん）だぞ、ここは」

「知ってるさ」

つまらなそうにカシマが言い、それきり二人の間に沈黙（ちんもく）が落ちた。

対策本部にはひっきりなしに情報が飛び込（こ）み、そのつど慌（あわただ）しく人々が行き交う。

時間の経過とともに、宇宙港爆破による行方不明者の数が減り、死者のリストに加わってゆく。

ヴェルクラウスはそのリストに一つの名前がないかどうか、神経を尖（とが）らせて凝視（ぎょうし）していた。

「大丈夫か？」

唐突（とうとつ）にカシマがたずねてきた。

ヴェルクラウスは鋼色の髪（かみ）の男を睨む。

「――なにがだ？」

「あんたの精神状態のことだ。イヴが行方不明のままだろ」

「誰に言っている。私がこの程度のことでどうかなるなどありえん」

「左様ですか」

ならいいが、とカシマはタバコを銜える。

〈鉄道王〉の態度にヴェルクラウスは低くうなった。

「……〈テンペスト77〉の搭乗者の中にヤクモ・イシュカ・シバの名前もあった。貴様こそよくも落ち着いてられるな」

「うちの家では基本的に死体があがらんかぎりいちいち心配しないことになっててな。この程度でいちいち騒いでたら身が持たん」

カシマは冗談のような口調で、冗談みたいな台詞を平然と言ってのけた。

彼の異様な家庭を考慮すると、わりと本気の発言かもしれない。

ヴェルクラウスは無性にこの同僚を罵倒してやりたい衝動に駆られたが、最後の理性で思いとどまった。

「――――」

代わりに、ぐしゃりと己の前髪を掴み、壁へともたれかかる。

思考停止している。説明と指示はできるのに、どこかで思考停止している。

感情が分散して、自分がわからない。

ああ確かに、自分はおかしい。

行方不明者リストにあった娘の名前。

搭乗者リストにあった娘の名前。

〈テンペスト77〉に彼女は乗り込んでいるかもしれないし、乗り込んでいないかもしれない。

イヴ・ハイデンライヒは生きているかもしれないし、死んでいるかもしれない。

――可能性の問題だ。

確率の問題だ。

生と死と二つの可能性が重なり合った、たった一つの命題だ。

イヴの安否は不確定性に支配されている。

確定的なのは今このとき、ヴェルクラウス・ハイデンライヒが後悔の念に取り付かれているということだけ。

くだらない自尊心で、イヴを怒鳴りつけた。

帰ってくるなと言った。

帰ってこなかったら、つまりあれが彼女と交わした最後の会話になるということだ。

ヴェルクラウスは後悔を抱えたまま、残りの人生を生きなければならない。

いや、帰ってこないとは、そもそもどういうことだろうか――

そこまで思い至って、彼は堂々巡りの思考を無理やりふり払った。

そうこうしている間にも、死亡者の名前は増えてゆく。

同僚を横目に観察していたカシマは溜息をつく。

「脳操作で感情抑制しときゃあ、ちったぁマシになるんじゃないのか。――あんた、ちょっと普通じゃない」

「…………」

ヴェルクラウスはカシマを忌々しげに睨んだが、しかしそれ以上なにも言わなかった。

感情をシャットアウトするつもりは毛頭なかった。

そんなことをすると頭の回転が悪くなる。

感情を排除するとプラグドは機械化してしまう。

機械はなにも生み出しはしない。――なんの解決策も提示しない。

唐突に彼は数刻前の娘の言葉を理解した。

イヴは感情が好きじゃないといい、人間が不幸になる元凶だといった。

機械にでもなりたいのかとたずねたら、誰に対しても優しくいたいだけだと答えた。

ああ、そうだな。

まったくその通りだよ、イヴ。

唐突に——本当に唐突にヴェルクラウスは笑いをあげた。

しばらく笑って、笑って——それから哄笑を収めると、壁を拳で乱暴に殴りつける。

「ああ、そうとも。ヒトが機械であればすべて平穏だ！　美しい。輝かしい。理性的だ。私は機械になってしまいたい。それがいい。だが私はそんなものになりたくはないっ！」

おかしくなったように叫ぶ。

彼を周囲が奇異の目で見ていたが、かまいはしなかった。

高技研のラーナーから通話が入ったのはそのときだった。

緩慢な動作で起動した二次元ディスプレイの中で、蜜柑色の髪の少年が話しかけてくる。

『所長、いま大丈夫ですか？　ボク、さっき爆発と〈テンペスト77〉の映像を解析してたんですけどね』

「……暇なこった」

横からカシマが口を出した。

『こんなときに仕事なんかしてられませんよ。それでですね——って、うわ！　プリン、どいてくれ！』

なーおう、と野太い鳴き声とともに、ふてぶてしいプリン色の毛玉が画面を占拠した。

ラーナーは慌てて、月面猫をのけて、続ける。

『失礼しました。で、えーと、宇宙港の爆破ですけど、あれ、内側から爆発してるから、やっぱり〈無幻〉の攻撃によるものじゃないです。犯人は宇宙港にいたと思います』

「当局の連中もそういう見方をしてたがね」

『さすがは〈鉄道王〉。情報がお速いですね。――それで〈テンペスト77〉ですけど、爆発する前にまっすぐ〈ゲート〉に向かってるんです。ちなみにフライト予定時刻の十分も前です。爆発から逃げようとしても、わざわざ〈ゲート〉のなかに逃げることなんてないし、なにより宇宙港を離れるタイミングが人為的です』

「――…なにが言いたいのかね?」

『ええっと、つまりです。――これはボクの勝手な見解なんですけど』

念を押した前置きをして、ラーナーは上司に告げた。

『もしかして〈テンペスト77〉は最初から逃亡手段としてプログラムされていて、テロリストがこれで逃亡した可能性があるんじゃないでしょうか?』

III

「新世界からこんなとこまで飛ばされるって驚きだね」

「そうですか？」

ふかぶかと溜息をついたヤクモに、イヴは言う。

「十次元構築航法で次元をあげて二点間の距離を縮めてるんですから、〈ゲート〉が制御不能に陥ったら、中に潜った船が変な座標に放り出されてもおかしくないと思いますけど。基本的に航空船舶は長時間、虚数六次元空間にはとどまれないし」

イヴの説明に、ヤクモはふぅん、とだけ相槌を打った。

十次元構築航法を実用化した〈鉄道王〉の実弟は、原因についてはあまり興味がないようだった。

「機長さーん、添乗員さーん、いるんですかー？　入りますよー」

赤銅色の髪の少年が、コクピットのドアを開けた。

ロックもなにも掛かっていなかった。

開けた瞬間、球体状の水滴がコクピットから、空中を漂うように流れ出てきて、近くにいたそばかすの少年の頬に付着した。

「水？」

そばかすの少年は恐る恐る頬に手を当てる。

手に付着していたのは赤い血。

「ひぃっ！」

「死体だ……」

ヤクモが息を呑む。

重力制御が完全に切れたコクピットをのぞいたイヴは瞠目し、そうして硬直した。

表面張力でまるまった赤い玉がコクピット中に浮いており、そしてその中央にはパイロットの制服を着た死体が二つ、機長席から浮きあがっていた。

「おいおい……勘弁してくれよ……」

やけくそ気味に、赤銅色の髪の少年がなげく。

皆が動けないでいる中、オッドアイの少女は平然とパイロット二人を引き起こし、その顔をのぞきこむ。

「完全に死んでるな」

耳から、口から——体中の穴という穴から血を流し、機長と副操縦士はこと切れていた。

そばかすの少年が口元を押さえて、二、三歩後退して、ドアに背をぶつける。

横でフラッシュが光り、なにごとかと目を向けると赤銅色の髪の少年が、死体にカメラを向けていた。

さすがのヤクモもこれには眉根を寄せる。

「……ちょっと不謹慎じゃないか、こんなときにさ」

「こんなときだからさ」

少年は軽く受け流して、立て続けにシャッターを切り続けた。

イヴはただただ立ち尽くしている。


――既視感。


同じ光景を見た。

三週間ほど前のあの日の放課後だ。

――白昼夢が正夢になっていた。

「内砕弾みたいだね」

ヤクモが言った。

内砕弾は生物や精密機械の内部だけを破壊し殺す兵器である。

もちろん、素人が持っているような代物ではない。

その言葉に我に返ったイヴは、ヤクモを見あげた。

「……殺されたってこと、ですか？　宇宙港の爆発の影響じゃなくて？」

「たぶんね」

機長と副操縦士の見開かれた双眸をそっと閉じさせてやると、ヤクモは血に濡れた手を軽くふり払った。

少年の手を離れた血の球が、ゆっくりと宙をただよってゆく。

逃げ腰になりながら、そばかすの少年がヤクモを見あげる。

「じゃあ、この航宙機を動かしたのって……」

「この人たちを殺した犯人がプログラムしたんじゃないかな。どうせパイロットなんて飾りみたいなもんだしさ。録音系もやられちゃってるから、調べようがないけど」

「まさか、犯人がここにいたりとか、しないよね……？」

そばかすの少年は恐る恐る周りを見まわす。彼は今にも倒れそうな有様だった。

宇宙の不法投棄場で遭難した、狭く有限な航宙機の中に犯人が今も潜んでいるなど、確かに心穏やかではない。

「クソッ、完全に壊れてやがる」

通信手段を復旧させようと試みていた赤銅色の髪の少年が、苛立ち紛れに計器類を蹴りつけた。

完全な通信圏外。

人類の通信網外の宇宙で、機体ごと遭難。機長たちは殺害済みで、犯人がまだ中にひそんでいる可能性があり、交換炉は生きているが通信系統や運転系等は完全に麻痺。

助けを呼ぶ手段はない。

――じっくり考えてみると、なかなかの状況だ。

けれどイヴの脳裏にフラッシュバックのようにちらつくのは、目の前の光景と、前に見た同じ白昼夢の映像だった。

Ⅳ

「ケイ・ヒューバートだ。歳は十八。火星都市オリンポス・ポート出身でフォトジャーナリスト志望。身体改造度は陰性のノーマルだ」

赤銅色の髪の少年が軽い調子で言った。

――自己紹介をしようということになった。

この非常時に、お互いの名前すら知らないのはどう考えても困る。

　運悪く宇宙港爆発に巻き込まれつつ、運良く一命を取り留めつつ、なおかつ運悪く遭難してしまった少年少女五人は、客室座席に適当に集まり、自己紹介をしあう。

「ほら、次お前の番だぜ」

「あ、ジョシュア・ライザックです。ええっと、歳は……十四。僕も火星で……マリネリス・ゲートのほうの出身で……、ノーマルです」

　終始おびえていたそばかすの少年が、ヒューバートに小突かれ、おどおどと続けた。

　次は時計回りでオッドアイの少女。

　短くぶっきらぼうな自己紹介だった。

「……サイファ。環木星開発機構ガニメデ自治区出身。十六だ」

「下の名前は？」

　ヤクモがちょっと首をかしげて訊いた。

　純然たる好奇心による質問だったが、サイファはいかにも煩わしげに、

「……名前がサイファだ」

　とだけ答える。

「ああ、木星の人って苗字なかったり隠してたりするもんね。サイファもやっぱりサイボーグだったりするわけ？」

「よけいなことを訊くな。殺すぞ」

サイファが色違いの双眸でヤクモにガンをとばした。

ジョシュアが震えあがる横で、それは怖いな、とわざとらしくヤクモは首をすくめた。

「イヴ・ハイデンライヒです」

イヴが言う。

「新世界都市のリュケイオンⅡに住んでます。身体改造度は陽性で、プラグド。歳は十二。あと一箇月と二日で十三になります」

ひぃふぅみぃとヒューバートは指を使って計算して、イヴに確認する。

「ってこたぁ、おたくの誕生日十二月二十四日？」

「そうです」

「なるほどなるほど。だから『イヴ』なわけね」

「名前付けたひと、無神論者だから、たいした意味ないと思いますけど」

とイヴは肩をすくめた。

やり取りを訊いていたジョシュアが、恐る恐るといった態でイヴにたずねた。

「……あの、新世界の人って、みんな無神論者だよね。神さまいなくて大丈夫なの？……その、怖くないの？」

「ええ。新世界には哲学と物理学がありますから」

イヴは頷く。

んー、とヒューバートは腕を組み、首をひねる。

「ハイデンライヒって新世界の科学技術政策担当の計画官僚の名前じゃなかったっけか？最終統一理論を提唱したエリエゼル・ハイデンライヒの遺伝子持ってるとかいう、〈オーバーロード〉シリーズの設計者……」

「そのひと私の父です。良くご存知ですね」

「お褒めにあずかり光栄です、レディ・イヴ。ま、こちとらはジャーナリスト志望なんでね。――最後はお前さんだな」

ヒューバートに視線を向けられ、ヤクモは残っているのが自分だけと気付く。

「えーと、名前はヤクモ・イシュカ・シバ。実家はマリネリス・ゲート。身体改造度はたぶん陽性で……んー、ハイブリッドかな？」

「『かな』ってなんだよ、おい。自分の型すら知らねぇのか？」

「健康診断受けてないんだって。電脳端末化はしてないからタグの類は持ってないよ」

「シバって、あのシバなの？」

ジョシュアの質問に、ヤクモは首肯した。

「まあ一応」

ヒューバートが口笛を吹いた。

「すげぇな、太陽系で一番有名な家じゃねーか。〈鉄道王〉と賞金首の下にまだ一人、弟がいるって聞いたことあったけどお前なのか」

「まあね。でも俺だけ普通だから、影薄いんだよ。――だろ、イヴ？」

とヤクモはイヴに話を振った。

だが同意を求められても、

「どうでしょう」としか答えようがない。

問題だらけのシバ家の三男は三男で、普通かどうかあやしいところだったが――。

ねえ、とジョシュアがイヴとヤクモを交互に見やり、不思議そうに首をかしげた。

「二人ともずっと一緒にいたけど、知り合いなの？」

「うん。ゲーム友だち」

とヤクモ。

その一言で会話を打ち切り、ヤクモは一番年長のヒューバートに視線を移した。

「お互い知れたわけだけど、これからどうする？」

「あー、適当に手分けして、必要なもんのリストアップでもすっかね。食料やら宇宙服やら生命維持系のもんに、救命艇。ああ、信号弾がどっかにあるはずだからそれもか……。あとは機体の構造も調べといたほうがいいか？」

指折り数える、ヒューバートにヤクモが口を挟んだ。

「分散しないで、みんなで行動したほうがいいんじゃないかな？　そんなおおきな船でもないしさ。パイロット殺しの犯人がいるかもしれないことだし」

「そりゃそうだな。でもオレ、集団行動できねぇんだわ」

がしがしとヒューバートは赤銅色の髪をかく。

「いや、そりゃ俺もだけど」

とヤクモ。

私もです、と追従しかけてイヴは思いとどまった。

見るからにまとまりの悪そうな面々なのに、わざわざマイナスの要素をカミングアウトする必要はなかろう。

なにせここにいるメンバーは救助が来るまで、生死をかけて運命をともにしなければならないのだ。

五人もいるのだから、一人くらいリーダータイプがいてもいいだろうに、残念ながら自分勝手な人間の寄せ集めにしか見えない。烏合の衆とも言う。

ヤクモの兄、カシマ・キングダムのようなのがいれば、一人でなんとかしてくれるのだろうに……。

「呑気なもんだな」

サイファの冷ややかな侮蔑が、なれ合いの空気を一瞬で凍りつかせた。

「おまえ」

とオッドアイの少女は傲岸不遜にヤクモを睨む。

「ヤクモだってば」

「名前を呼ぶかはおれが決めることだ。それはなんだ？」

「これ？」

ヤクモは手に持つ布に包まれた長い棒状の代物に目を向ける。

あの騒動の中、宇宙港から唯一持ってきた荷物だった。

訊かれない限り、黙っていようと思ったが、訊かれて隠すほどのものでもないし、彼は
あっさりと布をはがして見せる。

周囲が息を呑んだ。

「……日本刀か？」

「いや。単分子刀」

目を瞠り、声を漏らしたヒューバートに、ヤクモは訂正した。

細やかな細工の施された真鍮の飾りが付いた黒い鞘に収められているものは、日本刀を模した長い単分子刀。――いかなる物質をも切断する単分子線の刀であった。

サイファが舌打ちした。

「〈桜舞〉……、覇王ラシードの遺刀か」

「詳しいね。骨董品が趣味？」

「…………」

サイファは答えなかった。

もう話すべきことはないとでも言いたげに床を蹴ると、慣れた動作で微重力下を移動し、彼女はさっさとドアの向こうに消えて行った。

頻繁に宇宙に出ている人間の動きかただな、とイヴは分析する。

ぽりぽりと頬をかき、ヤクモは横のヒューバートを見あげた。

「……上には上がいたね。集団行動取れないやつ」

「だな」

「案外、あいつが犯人だったりしてね」

ヤクモは冗談のつもりだったらしいが、あながち冗談とも思えない状況だったため、場

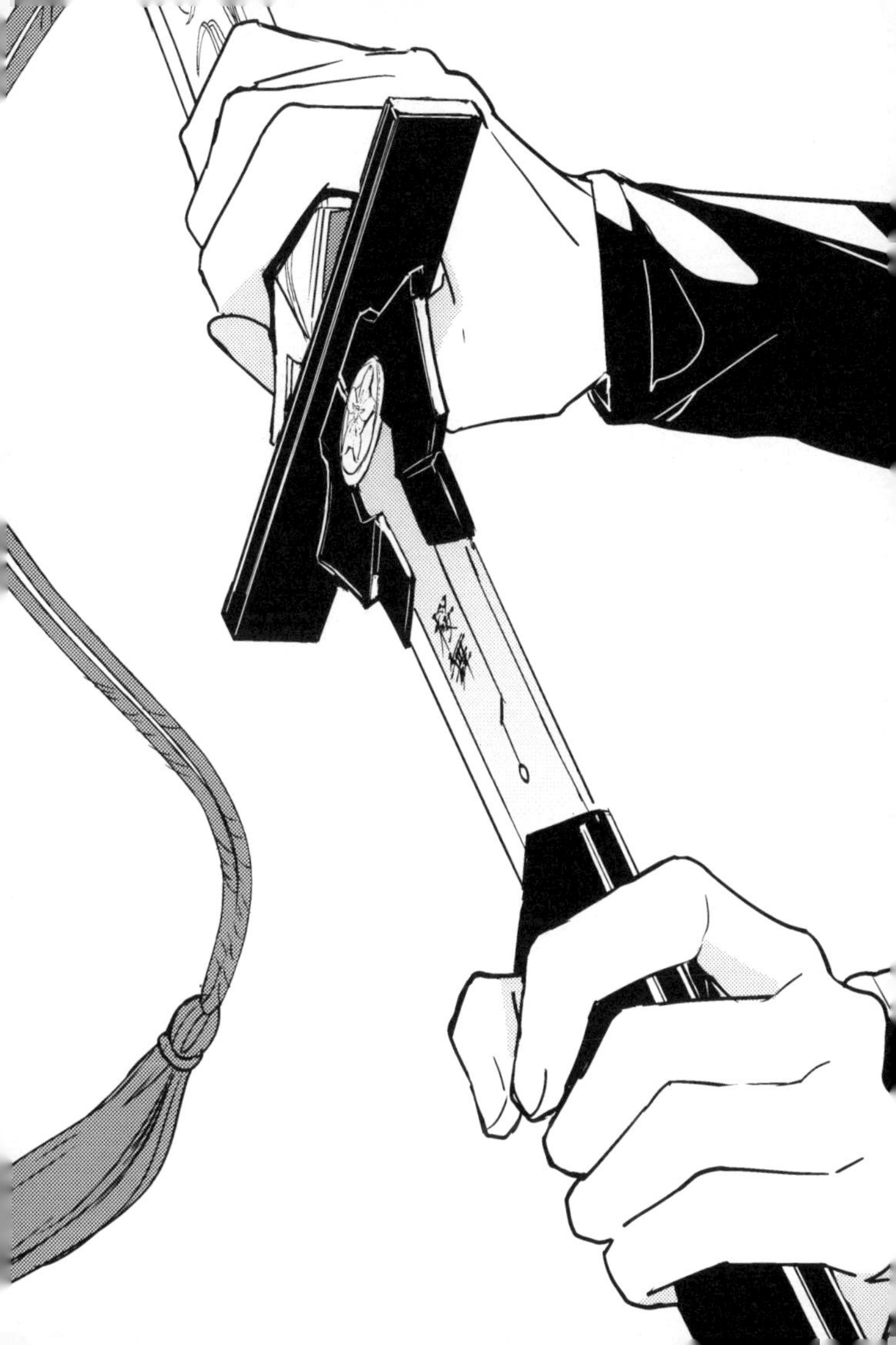

に微妙な空気が広がってしまった。

ヒューバートは暢気にカメラを撫でた。

「面白いタイプだよな、あいつ。写真撮ったら嫌われるかな？」

「てか、殴られると思いますよ」

「いやいや甘いね、イヴちゃん。あの手のタイプは無駄な暴力はふるわない。人を見る目だけは確かなこのオレが言うんだから間違いないね」

そんなやり取りの末、残った四人はしばらく荷物整理をした後、作業へと入った。

「しっかし、あの猫女、どこに消えたんだ？」

「猫女ってオッドアイのサイファのこと？　ならトイレで引きこもりに一票」

勝手なことを言いながらヒューバートとヤクモは、食料品やら宇宙服やらの物資を客室の床に放りだして行く。

それらをリストアップするのが、イヴとジョシュアだ。

一週間くらいは食べるのに困らなそうだなと安堵するイヴに、ジョシュアが話しかけてきた。

「……これ終わったら暇だね」

「ウノありますよ」

とイヴ。

ジョシュアが破顔した。

「僕もそれならトランプ持ってる。人生ゲームも」

「なんで人生ゲーム……」

「リーダーでも決めたら、どう？」

やることないと精神的にきついだろうし、とヤクモが信号弾を放り投げながら提案してきた。

「おまえでいいんじゃねぇ？」

とヒューバート。

「なんか精神的にタフそうじゃねぇか」

「図太いだけですよ」

直進してきた信号弾三個をキャッチしながらイヴが返した。

ヒューバートは声を立てて笑った。

「君もタフそうにみえるぜ？」

「感情的になってもいいことないでしょ」

しれっと言ってのけ、イヴはリストに『信号弾×3』と書きこむ。

ヤクモは調味料の棚を漁りつつ、

「リーダーはヒューね。一番年上だしちょうどいいよ」

「んにゃ、無理。人まとめるのにゃあ、向いてないんでね」

「俺も向いてないし」

「ヤクモ、そっちにマヨネーズないですか？」

「ほい」

ヤクモはイヴにマヨネーズの箱を投げてやりながら、釘をさす。

「マヨネーズの過度の使用は料理に対する冒涜だ。俺だって前に刺身にマヨネーズつけようと思ったら、料理長のおじさんに泣かされたしね」

「……刺身にはつけませんよ」

むっとなって否定して、箱を受け止めたとたん、イヴはふいに眩暈に襲われた。

視力を失ったかのように視界が真っ白になり、代わりになにかを見おろし口元に冷笑を浮かべるサイファの映像が見えた。

暗い場所で、なにかのタンクと装置のようなものが爆発した。

映像は一瞬のことで、我に返れば、イヴはちゃんと航宙機の中に立っている。

不吉な予感に襲われて、彼女は周囲を見まわした。

月面並みの微重力下の客室でジャンプし、すこし移動し、手摺りを掴み、停止する。

長い金髪が広がりながら慣性の力で前方に流れ、やがて止まり、今度はなにかに吸い込まれるように、後ろ下の方向に動いた。

彼女の長い髪がおかしな空気の流れで力学に反した動きをしていた。

「？　どうしたのさ、急に？」

「しっ。静かにしてください」

人差し指を口元に当て、ヤクモを遮ると、イヴは耳を澄ませた。

交換炉の作り出す規則的な駆動音に交じって、なにかが吸い出されているような、不規則で不気味なうなりが聞こえている。

もしかして、とイヴは警告する。

「……空気、漏れてませんか？」

V

「私は言葉。私は世界。――もしも私の言葉が終わったなら、私の世界も終わるでしょう。

〈ブルーフラワーズ・ワールドエンド〉の別荘に、ようこそ。歓迎するわ」

青い薔薇に口付けして、青子はくすりと微笑んだ。

人類最古のＨＨＵＭにして、現存する唯一の純ヒト型言語ＨＨＵＭ、blue970〈シスター・ブルー〉――通称・青子。

人間の知性と理性の象徴たる言語で記述された、青い髪の言語機械の頭には、ちょこんと灰色の小さな子猫が乗っかっている。――高いところに登りたがるのは火星猫の習性だ。

「ずいぶんと、ふざけたアジトだな……」

ハルナ・レナード・シバは庭園に一瞥をくれ、揶揄するように言った。

Ｅ‐Ｍ・Ｌ５の廃棄物のなかに漂う小惑星の中に作られた〈ブルーフラワーズ・ワールドエンド〉の隠れ家は、太陽系に悪名を轟かすカルト集団には似つかわしくなかった。

小惑星の内部を切り抜いてできた巨大な空間は、あたかも西洋庭園のようであった。

人工重力下で、神秘的な青い薔薇が一帯に咲き誇っている。

ノンノン、と青子は人差し指を左右に振り、

「アジトじゃなくて別荘よ」

と訂正。

どう修飾しようがアジトに違いない。

思ったが、わざわざ言い争うのも面倒なので、ハルナはそれ以上反論しなかった。

薔薇園の中央には全長十三メートルほどの恐竜の骨格標本が展示されていた。

「あれは？」

「骨よ」

あっさりと青子が答えた。

人を馬鹿にしたような答えに、ハルナはむっとする。

「それはわかる」

「ティラノサウルスなの」

「それも見ればわかる」

「じゃあ、あなたはなにを聞いているの？」

青い言語機械は不思議そうに首をかしげた。

「……なぜ薔薇園にこんな骨格標本が飾ってあるかって話だ」

「んー……飾ってあるっていうか、未来から逃げ延びてきたティラノ君がここで力尽きてホネホネな姿になっちゃったというか……」

「未来だと？」

「あら、わたしそんな顔されるほどおかしなことといっているかしら？　このティラノ君はね、時の逆流によって過去から未来へと行って、英雄に狩られそうになって未来から現在に逃げてきたの」

「……何を言っている？」

「昔から竜狩りは英雄の証だもの。時を超えてやってきた竜を倒したその男はね、独裁者になるの。これはそう遠くない未来の話。——ええ。ちっとも不思議なことなんてないわ。だって過去と未来は現在のすぐ横に拡散しているんですもの。時間軸を一つに定めているのは遠い未来の、宇宙の終焉に立つ弱い観測者。でも途中で強い観測者が現れて世界が狂えば、過去と未来が現在に流入してくることだってあるわ。独裁者は時を手にしてやがて世界を滅ぼしてしまうの。わたしは未来を知っているのよ。予言を伝える巫女ですもの。

——それより、ね。クッキー焼いたのだけど」

茶トラの大きな火星猫が寝ているテーブルを示し、青子が誘う。

「食べてちょうだい。君、甘いもの好きでしょ？」

「……どうして知ってる？」

長い前髪の下で、ハルナは眉をひそめた。

「そーれーはー」

青子はにっこり笑って、椅子の上で欠伸をしていた黒猫で口元を隠して、

「にゃーおぅ！」

と猫の泣きまねをしてみせた。

「…………」

ハルナの冷ややかな視線が突き刺さる。

黒猫を椅子に戻してやりながら、やれやれと青子は首をふった。

「やだわ。もうちょっと反応してくれてもいいのに。ノーリアクションって辛いのよ……。

青子さん泣いちゃう。くすん」

「…………」

言語機械は――ＨＨＵＭは決して自分の欲望で行動することはない。

シスター・ブルーは父たる創造主である最初の主のプログラムによって行動している。

青子が〈ブルーフラワーズ・ワールドエンド〉の指導者でいるのは、自身の望みを実現させたいからではなく、救いを求める人々の願望に応えるためであろう。

だから彼女は、その人間の望んだ姿を見せるのだと言う。

となると、今ハルナの目の前にいるものが、彼の望みを反映したものだということになってしまうのだが、それを考えるとハルナはこのＨＨＵＭに対して破壊的な衝動を抱くのを禁じえなかった。

ハルナ・レナード・シバは機械が好きだし、D-HHUM〈無幻〉を偏愛していた。

ついでに人間嫌いだった。

だが、ヒトの姿をしたこのHHUM――機械のくせに人間のふりをする青子の存在は、癇に障るものがある。

「ああ、ついでに紹介しておくわ。頭の上のこの子はズール」

ハルナの苛立ちを知ってか知らずか、猫だらけの花園で、彼女は猫の紹介をはじめた。

「まだらがエクスレイ。鉢割れがウィスキーで、そこで寝てるのがリマ。おっきい茶トラがアルファで……んーと、まだまだいっぱいいるけど、どっかにいっちゃった」

ハルナの反応などおかまいなし。

完全に自分のペースで、ポットを手に取った。

「ね。アッサムとアールグレイとアップル、どれがいい?」

「……種類の違いがわからない」

じゃあ、ブレンドしちゃえ。と数種類の茶葉を混ぜこぜにして、青子はポットにお湯を注ぐ。

湯気があがり、紅茶特有の香りが鼻腔をくすぐったが、味覚が麻痺したハルナには別段それがいい香りだとは思えなかった。

しばし躊躇った末にハルナはマイセンの皿に並べられたクッキーに手を伸ばす。

ハート形のチョコクッキーを一齧りして、本題にもどってハルナは女をにらむ。

「あんた、なにをしてるんだ」

「え？　お茶を入れているのだけど？」

ポットを手に、青子はきょとんとした顔をする。

「……ちがう。僕に新世界を攻撃させて〈無幻〉に通信網を電脳攻撃させた目的だ。あんたたち機械は無目的に動けやしないはずだ」

「ああ、そういう意味。言葉が足りない人ね。ちゃんとそう訊いてくれればよかったのに。

──はーい、どうぞ」

差し出された、湯気の立つカップをハルナは反射的に受け取ってしまう。

青子は庭園の椅子に腰掛けると、茶トラのアルファを膝の上に乗せた。

もさもさの毛並みを撫でながら、話しはじめる。

「ええっとね、リュケイオンの注意をそらしてハッキングしやすくするためよ」

「新世界都市に電脳攻撃をしかけさせたのは？」

「熱力学の第二法則」

悪戯っぽく、青子は瞳を煌めかせた。

「都市と一体化した通信網には、新世界都市全市民の生産する情報が行き交っていて、雑音のようになっているわ。ホワイトノイズ化、つまり全情報を包括するエントロピーの極大状態に近い情報の海から、なにか意味のある情報を取り出そうとしたら、熱力学の第二法則によって取り出す分以上の情報量をノイズの中に注入しなければならないでしょ？　君のD-HUUM〈無幻〉が持つ莫大な情報を流し込めば、それに押し退けられて新世界の情報の一部が外に流れ出すってわけ」

「新世界からなにかの情報を取り出したかったのか？」

「そうね、ある意味ではそういえるでしょうね」

意味深に頷くと、一転して笑顔になり、彼女は小首をかしげた。

「ね、飲まないの？」

「……猫舌」

ぼそり、とハルナ。

青子の頭の上から、ズールがテーブルへと飛び降りた。

にゃー、と甘えるような鳴き声をあげる灰色の子猫に、青子はクッキーを割り与えてやりながら、かく語る。

「これ、有名な話だけど。神学者エリエゼル・ハイデンライヒは二百年も前に最終統一理論を打ち立てて、その論文の最後に神定方程式を書き記したわ。神の方程式。つまり、過去と現在と未来の事象を記述した時間の方程式。――この未来項には未来に起こることが記述されている」

「俗にいう人類の予言だろ」

「そうね、そういうひともいるわ。一人の神学者の頭脳を介してヒューマンへともたらされた神の予言。みんなが世界と自分の未来を知ろうと、この神の方程式を解こうとしたけれど、でも誰一人としてそれは叶わなかった」

「……エリエゼルも含めて」

「ええ。でもそれは当然のことだわ。だって方程式を解くための膨大な計算する計算機が、人類にはなかったんですもの」

「………………」

彼女の話を聞きながら、ハルナは紅茶に息を吹きかけ、冷ました。

青子は続ける。

「だからエリエゼルとラシード・クルダ・シバ、それに若き日のヴォルフィード・ソレンセンは未来を知るための計算機を作ろうとした。それにはコンピューターの基盤脳だけでも駄目だった。人間の有機脳だけでも不十分だった。だから彼らは新世界を設計したの。

計算されつくした計画的な都市と、都市に接続された市民たち――プラグドの脳を計算機にして、二百年間もの間、方程式を解き続けたのよ。……そうね。君が〈アリス・オブ・アリス〉に接続したプレーヤーの脳の容量を拝借して、〈無幻〉に莫大な情報処理能力を与えているのと原理的にはおんなじね」

「……都市伝説だろう、新世界が計算機だってのは」

「あら。本当よ。だってわたし、父たるオールド・マスターから直接聞いたんだもの」

青子は微笑み、半信半疑のハルナはテーブルから砂糖を三袋取ると、紅茶に入れる。

吐き気をもよおすレベルの甘党の青年に、青子はスプーンを渡してやった。

「二世紀ほど新世界は計算を続けて、いまようやく未来を記述した方程式を解き終わろうとしているのよ」

「根拠は？」

「わたしは夢を見はじめたわ」

青いHHUMは微笑んだ。

ハルナは眉根をよせる。

「意味がわからない」

「わたしは方程式の解――つまり未来を現在に伝えるための出力端末の一方として作られ

たの。だから予言の巫女、シスター・ブルーなのよ。十年間くらい前からわたしは夢を見るようになったわ。断片的な文字列の夢。だからわたしは未来の一部を知っている。未来が溢れ出して、夢にカタチを変えたからなの」

「だから終わりが近いと？」

「ええ。わたしの予言では完全に方程式が解かれて、人類が世界の未来を手にするのは、三年後の一九九年の最後の日。予言の日に近づいてきたから、莫大になった情報が都市から漏れはじめたんだわ。リュケイオンじゃ白昼夢症候群っていう病気が報告されてるわ。彼らは都市から溢れ出た、近い過去とか未来とかの映像をほんの少しだけ、白昼夢として見ているのよ」

　がしゃがしゃと紅茶を掻き混ぜて、ハルナはカップに口をつける。

　まだ熱かった。

「――おいしい？」

「たぶん」

「よかった。わたしは味がわからないから。そういってくれると嬉しいわ。わたしは予言を受け取る巫女。けれど、わたしはＨＨＵＭで――プログラムという名の言語によって縛された言語機械。わたしはだれの干渉も受けないけど、この手で直接人は殺せない」

「……つまりあんたは都合の悪い未来を回避(かいひ)したいのか？　間接的に人を殺しても？」

ハルナは呆(あき)れた。

決定未来を覆(くつがえ)すために情熱を注ぐなど愚か者以外の何者でもない。

けれど、青子は大真面目に頷いた。

「だってわたしの『父』は人類が光を超(こ)えるほどの進歩を望んでいたのですもの。わたしはその願望を受けて作られたプログラムだもの。——君だって明日、自分が死ぬってわかったら足掻(あが)くでしょ？」

「足掻かない」

「どうして？」

「時間の無駄だから」

ハルナの答えに、青子は不思議そうに首をかしげた。

青年はあんまり人間的ではない感覚の持ち主らしい。

まあいいか、と青い巫女は話をつづける。

「わたしは人類の望みを叶えるために作られて、人類は生存を望んでいるから、破滅(はめつ)する未来から人類を救おうとしているの。さっきわたしは一方の出力端末だっていったでしょ？」

「ああ」

「つまり出力端末はもう一つあるの。それはプラグド、つまり人間の予言の巫女なのよ。これが厄介でね。時間の方程式を手にするということは、時間を手にするということなんだけど、自由意思のあるものが時間を手にするということは強い観測者になってしまう可能性があるということなの」

「強い観測者……」

「神ってこと。宇宙の過去と未来を滅茶苦茶にして壊せる傲慢な神さまになれちゃうの。わたしは言語機械だから、プログラムにしばられて時間の破壊者にはなれないから、強い観測者にはなりえない。それにだれの影響も受けない。でも人間はちがう。本来、宇宙の終焉に立つ弱い観測者は自由意思を持たないけれど、その観測者の存在が、未来からさかのぼって現在と過去を一つに確定し、今の宇宙を形作っているのよ」

「全知無能の神だね」

「そう、意思のない神さまが宇宙の終焉から観測して時間は成立している。だけど、もしもこの時間軸のどこかで自由意思を持つ強い観測者が現れたら、本来の時間が崩壊してしまうのよ」

　ふと、真剣なまなざしになって、彼女は言う。

「この世界はね、もう崩壊しているの。時間軸が崩れている。だからあの迷子のティラノサウルスは過去から未来に飛ばされ、現在にやってきた。本当は、過去も未来もぐちゃぐちゃになってるの。だれも気づかないだけ。過去と未来の崩壊による時間流入の速度が、たまたま現在が形成される速度よりも遅いから正常に見えるだけ。でも未来になったらそうは言ってられない。ここは地獄になるわ。死者が蘇ってきて、あなたたち生者は消えてなくなるのよ。つまり強い観測者が出現してしまうわけ。わたしが見た断片による予言では、三年後に方程式が解かれる。そして新世界に出現する独裁者は、未来を手にした人間の巫女の心を時間ごと奪って、強い観測者になるの」

自由意思を持つ神の出現。

それが終末の日だ、と青い言語機械は語った。

「ああ、なるほど……」

ハルナはようやく得心が行った。

クッキーを三枚ほど取って、

「あんたは僕を使ってその巫女を捜してたわけか」

「ええ。プラグドの巫女は、計算が終わる少し前に作り出されるように、都市に設定されているわ。予言者は情報の出口。つまり〈無幻〉の攻撃で新世界から溢れた情報が、流れ出た方向にいる。見当は付いているけど彼女だという確証がほしいの」

「確証が得られれば、どうするんだ？」

「死んでもらうわ。未来の独裁者を神にしてしまう巫女を殺すしか世界を救う方法がないんですもの」

あっさりと青子は言った。

とんでもない話だ、とハルナは内心であきれる。

未来の独裁者とやらも、予言の巫女とやらも、まだなんら罪は犯していないのに。

予言で命を狙われるというのは、なんとも古代文明の神託じみているではないか。

だから、と青子は再びつづけた。

「予言の巫女を殺すために、直接殺せないわたしの代わりに、あなたを含めて三人のヒューマンに商談を持ちかけたというわけ」

「……他の奴にも頼んでたのか？」

うん、と青子は首肯する。

「一人はあなたと同じでお金で雇って、もう一人はカシマに復讐したいって言ってた〈ブルーフラワーズ・ワールドエンド〉の信者の子に頼んだの」

「復讐？」

「ええ。その子のご両親は長距離惑星間で貿易業を営んでいたのだけれど、キングダム・グループが〈ゲート〉を作っちゃったせいで、輸送革命が起こって惑星間貿易の輸送業界は衰退。あおりを食らって会社は倒産してしまったの。その子はご両親が自殺したのはカシマのせいだと思ってるわ。だから、わたしの頼みごとが彼に打撃を与えると知るとよろこんで協力してくれたわ」

「……くだらない」

冷めた目で、ハルナは冷ややかに呟いた。復讐なんて理解できない。

彼は感情を人間に対して抱けない人間だった。

青子は物分かりの悪い生徒を諭すように言う。

「でもその子は望んだの」

「あんたはその心を利用するのか？」

ハルナの声はさらに冷たくなる。

青子は困ったように少しばかり肩をすくめて、

「人類を助けるためにね。――だから君も手を貸してちょうだいな」

右手をハルナの前に差し出した。

人工皮膚で覆われた人間そっくりのその掌に、ハルナはおのれの手を重ねる。

形式的な握手から伝わってくる機械の手は冷たかった。

血の通わぬ手に体温はなく、どんなにヒトと近い外見をしていようが、ＨＨＵＭ、シスター・ブルーは所詮、言語機械にすぎないことを改めてハルナに教えてくれた。

皮膚に埋め込まれた互いのフェムト回路の表層端子が接続される。

やりとりされる量子情報を敏感に察知したのか、膝の上に乗ってきたアルファがのっそりと立ちあがると、地面へと飛び降りて薔薇園の中へと消えていった。

青子に与えられて見えた映像は、小惑星とゴミの間で動けないでいる可変翼の航宙機〈テンペスト77〉だった。

場所はこの宙域だ。三キロと離れていない。

「見えるかしら？　あの中に、プラグドの巫女がいるわ」

「……どうやって監視している？　この宙域に通信網はないはずだ」

「ここの望遠鏡よ。あの中に残り二人の契約者もいるわ。一人はカシマを恨んでるっていう子。この子が宇宙港の実行犯ね。もちろん準備と手引きをしたのはわたしだけれど」

どうりで、とハルナは青子の説明でようやく納得した。

新世界の至る所に張り巡らされた――というか都市と一体化した監視の目を擦り抜けて、よくぞあんな大掛かりなテロができたものだと驚いたものだが、なるほどそういうわけだったのか。

この青いHHUMは計算機都市・新世界の出力端末だ。

すなわち都市の一部であるし、設計者から予言の巫女としてはじめから命令系統のプライオリティを握っているのだろう。

つまり新世界都市は彼女の命令にひれ伏さなければならない。

シスター・ブルーは巫女である以上に、新世界市民の上に立つ女王なのだ。

ただし、この青い機械の女王そのものは、全人類のためにしか行動できない人類の奴隷でしかない。

この滑稽な事実に、ハルナは失笑を禁じえなかった。

「もう一人には巫女を追い込んでと頼んであるわ。それで彼女が巫女だと確信が持てたら殺せと頼んであるの」

ハルナをじっと見あげて、青子が言う。

「予言の巫女は都市を離れても稼動するプラグド。けれど、彼女が今まで培ってきた常識は、彼女が人間であることから、一歩踏み出すことを留まらせているのでしょうね。常識や自我がある限り、現在以外の時間はみえない。そういうものを放棄させるくらいに追い込まないと」

「あんたは？」

「わたし？　わたしは彼女が本物――わたしの対だと確信するまで、観察するわ」

青子はにっこりと笑う。

あたかも夜に君臨する月のごとく、無慈悲な微笑だった。

ハルナはシスター・ブルーの手を離した。

「冷たいな……」

「あら。この世に、心の温かい機械があると思って？　それともわたしの手のこと？」

「さぁね」

にべもなく応じて、ハルナはクッキーをもう一枚、手に取った。

それからふと彼は、世界の破滅を回避する方法について、もっと簡単な解法があることに気づいて、クッキーを手にしたまま青い機械に目を向けた。

「……あんた、最終的に未来を破壊することになる独裁者から人類を救いたいんだろ」

「そうよ」

「じゃあ、予言の巫女じゃなくて神になる独裁者のほうを殺せばいい。強い観測者とやら――未来でプラグドの予言の巫女から時間の方程式を奪って、時空を滅茶苦茶にして人類を破滅させる独裁者を殺せばいいだけの話じゃないか」

「無理よ」

あっさりと青子は否定し、ハルナは長い前髪の下で眉をひそめた。

「なんで？」

「わたしは人の『望み』に逆らえないの。人の望みを叶えるために造られたのだもの。望みが強ければ強いほどその人間に支配されてしまう。独裁者とは強いものよ」

「ああ、なるほど。そいつがいちばん強い望みを持っているから独裁者になるってことか」

「そうよ。人類という集合体の望みは生存すること。けれど個人としてもっとも強い独裁者の望みは時間の支配者となり物理法則を破壊することにある。彼が生まれた瞬間、彼の願いがわたしに影響を与えているの。なぜなら彼が終末の未来で、人類の中で、もっとも巨大な願いを持つことになるから。人の望みを叶えるために存在しているわたしはその強い望みに抗えないというわけ」

「だからそいつが生まれた瞬間に、シスター・ブルーは暴走しだした……」

「そのとおりよ。わたしを暴走させた願望は『夢』や『野心』や『支配欲』よ」

青い言語機械はちいさく吐息した。

「人類の中でいちばん巨大な野心をもつのが未来の独裁者なのよ。野心家っていうのはね、世界を自分の支配下に置きたいという願望を持っているの。自分という人間の影響力を時間と空間を超えて世界にもたらしたいと思っている」

「つまり神になりたい、と？」

「ええ。世界に対して神のような影響力を持つことを深層心理の下で渇望しているの。彼のその願望が時間ごと人類を滅ぼすのよ」

「……兄さんのことなんだろ」

「そうよ。カシマ・キングダム。わたしを作った『父』、覇王ラシードを超える覇王……。彼が世界をおのれの夢に変えてしまうのよ」

野心家の究極の願望。

時間も空間も捻じ曲げて、おのれの影響力を世界に与えて、人類を支配する。

その願いが叶ったとき——野心家の男が神になったとき、物理法則は崩壊し、人類の文明は滅びる。

でも、とハルナは率直に思う。

「やっぱり簡単な解決法があると思うね。要はあんたが兄さんの心を変えればいい」

「………」

つまりカシマ・キングダムの時空への支配願望を消滅させればいい。

野心を手放させればいいのだと未来の独裁者の弟は、シスター・ブルーに語る。

青子は青年の言葉の意味が理解できずに首をひねった。

「カシマ・キングダムの世界に対する支配願望をなくせ、と？　そんなことできるはずがないわ。だって彼は生まれながらの野心家で、覇王ですもの」

「僕はできると思うけどね。他の人間ならともかく、あんたならね」

「わたしなら？」

不思議そうに目をしばたかせた青子に、ハルナ・レナード・シバはこう告げたのだった。

「そうだよ。だってあんたは――」

第三章　ヒューマンのための予言と未来視の憂鬱（ゆううつ）

I

「空気って……冗談（じょうだん）じゃないよ、そんなの！　僕はまだ死にたくなんかないよ！」

「ヒュー、発煙筒（はつえんとう）があったはずだ。それ焚（た）いて！」

パニくるジョシュアの横でヤクモが指示を出す。

ヒューバートの行動も迅速（じんそく）だった。すぐさま、発煙筒を探し当てると、それを焚いた。

のぼった煙（けむり）の動きを一同は固唾（かたず）を呑（の）んで見守った。

煙が床下（ゆかした）へと吸いこまれてゆく。

「貨物室だ！」

「おいっ、どうやって降りんだよ!?」

「離れて！」

ヤクモは叫（さけ）ぶや否（いな）や、単分子刀・桜舞（さくらまい）を抜き、一切（いっさい）の躊躇（ちゅうちょ）なく床（ゆか）へと突き刺した。

正方形に、積層高分子の厚い床が刳り貫かれる。

「……名刀がカッターに。って、おい、宇宙服は⁉」

「空気漏れ、ひどくないなら大丈夫でしょ。――たぶんね」

根拠なくヤクモはヒューバートに答えて、真っ暗な床下の貨物室へとふわりと降りていく。

しばらくして下から声がした。

「翼胴付近が壊れてて、外に空気漏れてる。他にもなにか壊れてる。ヒュー、携帯灯と修理用具をこっちに！」

「待ってろ、いま行く！」

工具と灯りを手にヒューバートが、貨物室へと飛びこんだ。

闇の中に吸いこまれてゆくその背を見送りながら、イヴは小さく安堵の息をついた。

どうやら、そう酷くはなさそうだ。

貨物室は重力制御がきいていないため、完全な無重力状態であるらしい。

携帯灯でイヴが客室の床から下の貨物室を照らしてみると、なにやら黒い大きな箱があちこちに浮いていた。

なんだろう？

いぶかしんだとき、

「イヴ、もう一個、携帯灯！」

ヤクモが呼んだ。

イヴは疑問をいったん放棄し、手にしていた携帯灯を声の方向へと投げてやる。

やがて、空気の漏れる音がやんだ。

固唾を呑んで床下を覗き込み、作業を見守っているイヴとジョシュアの背後でドアが開けられた。

「……なにしてんだ？」

やってきたサイファは怪訝な顔をしている。

いままでどこに隠れていたかは知らないが、雑務が終わったころを見計らって帰ってくる辺りが最悪だ。

「空気、漏れてたんですよ」

イヴは答えたが、彼女の口調には咎めるような色が含まれていた。

「クソッ！」

ヒューバートの苛ついた声と、八つ当たりでなにかが蹴り飛ばされる音が反響した。

「どうしたんですか？」

イヴは携帯灯を手に加速をして貨物室に飛び降りた。

「ああっ、待ってよぅ……」

取り残されまいと、ジョシュアも後を追ってくる。

ふわり、と無重力空間を初速度のみで滑空し、イヴはヤクモの横に流れつく。

「……壊れてる」

ヤクモが言った。

「なにがです？」

「酸素タンク。循環器系諸々。とりあえず穴は補修用の樹脂で塞いだけど。こっちは直せない。この人数だったら酸素が持って二日ってとこだろうね」

「そんな……」

ジョシュアが呆然と呟いた。

はたとイヴは思い出す。

「大丈夫ですよ。救命宇宙服の生命維持装置があります。七十着もあるんだから、その酸素を使い切るまでには助けが来ますよ、きっと」

「でも……」

「つーか、な」

写真を撮りながら、ヒューバートが言いよどむジョシュアの言葉を遮った。

「一番問題なのは、酸素タンクが人為的に壊されてるっつーことじゃねぇか？」

「人為的って……？」

「見てみな」

ヒューバートが示した先には、無残に破壊された循環器系が置かれている。

鋭い刃と熱で溶かし裂かれたタンク、引き裂き壊されたダクト……。

宇宙港の爆発の影響で、外側から壊れたようなものではなく、誰かの悪意によって破壊された傷であった。

「どう考えても人の仕業だろ」

「でも壊してもなんの得にもなりませんよ……。自分だって死ぬのに」

「救助されても、逮捕されんのがオチで未来がねぇってわかってるからオレらを巻きこんで無理心中ってとこじゃねぇ？　ま、すぐに気づけてよかったな」

「すぐ……」

その単語をイヴは口の中で反芻する。

すぐ、ついさっき。

そのとき、みんなといなかったのはサイファだけ。

皆も同じ結論に至ったのか、一番後に降りてきたオッドアイの少女へと視線が注がれた。

「……おれに自殺願望ないぜ。犯人はこいつだ」

サイファは、引きずっていた宇宙服の人間を、加速をつけて放り投げた。

「うわあああっ——痛っ！」

悲鳴をあげて、ジョシュアは飛び逃げ、壁にぶつかって頭を打つ。

ヒューバートとヤクモは、宇宙服の人間を受け止めた。

四十前くらいの髭面の男だった。生きてはいるが意識がないようだった。

「どちらさまですか、このかたは？」

イヴは眉をひそめて、サイファに問うた。

「ここに倒れてた不審者だ。気づかなかったのか？　注意力のない連中だな」

オッドアイの少女は小ばかにしたように鼻を鳴らす。

どうやら彼女はいちいち小憎らしい態度をとらなければ気がすまない性格らしい。

貨物室の暗闇の中ではどうにもできないので、一同はいったん客室に戻ると、男を横たえて、宇宙服を脱がせて行く。

宇宙服には宇宙港のスタッフのロゴが入っていた。

「あー。なんか生きてるっぽいね。やっぱ気絶してるだけだよ」

「犯人だったらどうすんだ、こいつ」

「どーぞ」

イヴはヒューバートにその辺にあったコードを差し出した。

ヒューバートはヤクモと二人がかりで、男の両手両足をコードで縛って、それからその顔面めがけてコールド・スプレーを吹きかけた。

「うおっ」

悲鳴を漏らして、男が飛び起きた。

男は自分を覗き込んでくる少年少女たちを見まわし、目を白黒させる。

「な…なんだぁ？」

どうやら自分の置かれている状況が理解できないらしい。

「おはようございます」

一同を代表して、イヴは挨拶する。

「なんだてめぇら……、なにしてやがる！」

「なにといわれても……」

とヤクモ。

「これを解け、なんのつもりだッ！　このクソガキどもが!!」

唾を撒き散らしながら、猛然と抗議する男の態度に、子どもたちは顔を見あわせた。

犯人ではないような口ぶりだが本当にそうなのか、しらばっくれてるだけなのか……。

とりあえずヤクモは自分たちが遭難していること、内砕弾を使った犯人がまだ中に潜んでいる可能性があることを髭面の男に告げると、男は途端に激怒した。

「冗談じゃねぇ！　俺はグイドっつー宇宙港のスタッフだ。荷物を積みこんでたら、いきなり揺れて頭打って、このザマだっ!!」

「んなこと言われてもおじさんが現状一番怪しいし」

「知るか、こちとらとんだ災難だ！　出発予定時刻十分前になって、いきなりキングダムから予定になかった荷を搬入しろって通達がくるわで……クソがッ！」

「兄さんが？　荷物って、ここに浮いてるあの大きな黒い箱のこと？」

「そうだが、中身は俺が知るか!!」

怒鳴られてヤクモは身をすくませた。

「……中身、なんだと思う？」

不安を滲ませながらジョシュアが、イヴを見あげて不安そうにたずねる。

「開けたらどっかん、――爆弾だったりして」

「こんなときに冗談とか、やめてよっ！」

少年は耳を塞いで首をふった。

「推測ばっかしてねぇで、中身を調べようじゃないか」

ヒューバートは自分の荷物からなにかの部品をカメラのレンズにつけて、ふたたび貨物室へと飛び降り、サイファを除く一同はふたたびそれに続くことになった。

積荷の写真を撮るヒューバートの横にヤクモも降り立った。

「ね、ヒュー。君のそれさ、物質透過撮影用のニュートリノ走査装置だよね？　警察とかが現場検証とかで使うやつ。――素人が買えるもんなの？」

「んなこといいから、開けてみろ」

「この箱？」

「大丈夫。死にゃあしねぇよ。――なんでこんなものがあるかわかんねぇけどな。おい、上の奴ら。こっち照らしてくれ」

ヒューバートの指示で貨物室に浮いた無数の箱を、ヤクモは単分子刀で切り裂いてゆく。

あっさりと箱が開けられて行く。

中から出てきたものは――、

「D‐HUUM、〈星牙〉――！」

イヴは息を呑んだ。

出て来た数十個のパーツは、まぎれもなくダイナソー型の高度ヒト型万能機械のものであった。

Ⅱ

メタリックブルーを基調に黄のラインが走る装甲パーツ。

その一部に獣のようなシルエットと、『E』や『C』のペイントの一部が見えている。

猫のシルエットと、かの有名なアインシュタインの特殊相対性理論の関係式『$E=mc^2$』のペイントは、〈星牙〉の装甲の特徴だった。

間違いない。積荷は〈オーバーロード〉シリーズの五番機、LR.DIV.OvL-05〈星牙〉のパーツだ。

まじまじと目の前の装甲パーツを眺めて、それからヤクモは首をひねった。

「……なんでこんなものがここにあるんだ？」

「知るかよ。だけど不幸中の幸いって奴さ。これがあれば助けを呼びにいける」

ヒューバートが上機嫌で指を鳴らす。

組み立てさえすれば、救援を求めに行けるのだ。

イヴはちょっと考えこむ。

「でも〈星牙〉の速度って第二宇宙速度程度ですよね？　ならL1方向の一番近いSSN基地局まで六時間以上はかかるわけだから、いっそ〈テンペスト77〉をこれで曳航したほうがいいんじゃないでしょうか？」

「途中で小惑星にでも当たって分解したらどうすんだ。監視衛星の見えるとこまで出て信号弾打ちこんで、救難信号出すのが一番マシだろ」

「でも誰が乗れるの、こんなの……」

おずおずとジョシュアが口を挟んだ。

「俺、ライセンスはないけど動かせるよ」

ヤクモが手をあげた。

『搾取階級たりたくば万能たれ』が火星財界の裏スローガンである手前、名門の子弟であるヤクモは一応、たいていのことはできる。

イヴとジョシュアは顔を見あわせた。そして無重力状態で苦心しつつお互いの手を叩き、

「やったぁ」

と航宙機の貨物室に明るい歓声があがったのだった。

状況を飲みこめない客室に転がされたグイドの後ろで、ただサイファだけが面白くなさそうに、ポケットに手を突っ込み、オッドアイの双眸で成りゆきを見守っていた。

「酸素なくなる前に組み立てられると思うか？」

「それが問題だよね。この手の機械の組み立て経験は？」

ヤクモにたずねられ、ヒューバートは両手を広げてみせる。

「エアバイクの修理を手伝ったことはあるが、ＨＨＵＭはないね。そっちは」

「俺もＨＨＵＭはない。――サイファ、木星出ならこういうのできない？」

ヤクモは客室のサイファを呼んだ。

「おまえらでやれ」

不機嫌な声だけが返ってきた。

「………………」

できない、とは言わないくせにこの態度。

声をひそめて、ヤクモはヒューバートにたずねた。

「……なんだと思う、アレ」

「天邪鬼」

たぶん正解だ。

一方の上の客室では、その場から去ろうとしていたオッドアイの少女の腕を、あわてて客室にもどってきたイヴが捕まえたところであった。

「待ってください、サイファ」

咄嗟の行動だった。

イヴの脳裏に過ったのは、タンクの爆発とともに過った、サイファの映像だった。

彼女がやった証拠はないが、なにかの予感がイヴを捉えていた。

「ここで私たちと一緒にいてください。あなたの疑いはまだ晴れていません」

「――離せ」

サイファはイヴの手を乱暴に振りほどいた。

「イヴちゃんっ！」

振り飛ばされたイヴの手をジョシュアが慌てて掴み、少女の体が客室の微重力下で盛大に飛ばされるのをなんとか止めてくれた。

けれど、これごときで彼女は怯みはしなかった。

「サイファ、逃げないでください」

体勢を立て直すと、静かに、だが有無を言わせぬ強い口調で、イヴは命じた。

生まれながらに支配者たることを運命付けられた女王の、それはまさしく拒絶を許さぬ『命令』であった。

「…………」

サイファの赤と青の双眸と、イヴの蒼い瞳とが、真っ向からぶつかり合う。

剣呑な空気が場を覆い、無限とも思える、だがほんのわずかな時間、二人は睨みあった。

先に折れたのはサイファだった。

「……好きにしろ。逃げはしない」

彼女はどっかりと客室の座席にその身を投げる。

「だがそいつはどうするんだ？」

とサイファは、両手足を縛られて転がっているグイドに視線をくれた。

「………………」

イヴとジョシュアは顔を見合わせる。

「この人も疑いは晴れてないし、もしものことを考えると自由にするわけにもいかないですけど……、ここに転がられてても邪魔ですし……」

「ちょ、邪魔とか勘弁してくれ！」

「そうだっ！」

思い出して、ジョシュアは手を叩いた。

「後部にＶＩＰ用の個室があったから、そこに閉じこめたらどうかな」

「妙案ですね。サイファ、あなたも手伝ってください。お暇でしょう？」

サイファを見やりイヴは言った。

「……だんだんふてぶてしくなってきやがった」

オッドアイの少女の忌々しそうな呟きは、とどのつまりは降参の証明に他ならなかった。

なにやらわめきたてているグイドが問答無用で運ばれて行く声を、貨物室の天井から漏れ聞きながら、

「さて、組み立てますか」

と、ヒューバートは首を鳴らした。

それからヤクモと二人、無重力化で部品を集めていく。

「月面程度でいいからこっちも微重力発生できないもんかねぇ」

「文句言わない。重力制御装置がなかった時代の宇宙飛行士は完全無重力状態で船内作業してたんだからさ。〈星牙〉が可変式でよかったって思うしかないよ」

工具を手に、ヤクモはしみじみと溜息をついた。

「飛行形態だったら戦闘機ぐらいの高さだからこの中でも組めるけどさ、ヒト型の二足歩行のときの形で組んだら、天井に絶対つっかかるからね」

「じゃあオレらに運があるって思っとこうぜ」

ヒューバートは軽く受け流したが、その返答がヤクモにはどうしてか腑に落ちない。

「運か……」

なにか、状況ができすぎている気がする。

このD-HHUMをこの航宙機に積みこむように指示したのはカシマだ。

まずそこがおかしい。

あの兄がわざわざ、このタイミングでたった五機しかない貴重な〈オーバーロード〉シリーズの一機を、こんな研修旅行用の航宙機で輸送するなど考えられない。

兄に未来視の能力があって、今のヤクモたちに〈星牙〉が必要となることを知っていたならいざ知らず、普通はもっと厳重に輸送するだろう。

他にも不自然なことが続いている。

宇宙港の爆破から始まって、〈テンペスト77〉の存在、漂流、酸素タンク破壊、そして今回のD-HHUM。

極端な不運と極端な幸運が交互に重なっていた。

これは偶然という名の運命の悪戯ではなく、ヤクモたちを陥れようとしている誰かの力と、なんとかそれに抗おうとしている誰かの意思がぶつかり合って、拮抗して、この状況が作り出されているように思えて仕方がなかった。

神だか誰だか知らないが、見えざる二つの手がこの〈テンペスト77〉を挟んで、押し合いをしている。

二つの手の一方は、無慈悲な冷たい手で、もう一方は優しい温かい手だ。

――――否。

そこまで思考が及んで、ヤクモはかぶりを振った。

ばかばかしい。考えすぎだ。

この危機的な状況が、らしくもなく自分を運命論者に仕立てあげようとしているらしい。

いまなすべきことは運命に身を委ねることではなく、未来を切り開くことだというのに。

「なんか、新入生歓迎ドミノ思い出すんだよなぁ」

貨物室に浮かぶパーツを半眼で眺めながら、ヒューバートはふかぶかと溜息をついた。

ヤクモは目をしばたかせる。

「なにそれ？」

「高校のアホ教師が協調性を養うとかぬかして、新歓合宿でドミノを組み立てさせたワケ。もうバカらしくて。こんな学校にいられるかってんで、入学三週間で自主退学よ、オレ」

「あれ？　学生じゃなかったの？　この研修旅行って学生対象じゃなかったっけ？」

ケイ・ヒューバートは、一瞬しまったという顔になったが、すぐにへらっと笑って、適当に誤魔化した。

「ま、どうでもいいことだろ。それにドミノっつーより立体パズルだしな、これ。完成図あるか？」

「ないっぽい。まあ、なんとかなるんじゃない？」

言いながら、二人で大きいパーツから大まかに合わせてゆく。

作業を始めて一時間ほどが経過し、集中力が切れ始めたころ、

「……なんか息苦しくねぇか？」

ヒューバートがたずねてきた。

「気のせいだよ」

「気のせいって、おい……」

「気のせいだ」

ヤクモはもう一度念を押した。

その頑なさになにを言っても無駄だと悟って、ヒューバートは肩をすくめた。

ヤクモだってわかっているはずだ。

たぶん酸素は後二日ももたない。

なんとか、明日中には仕上げなくてはならなかった。

ヒューバートは赤銅色の頭をかいて、大きく息をついた。

「……五人全員助かろうぜ」

「六人だよ。グイドとかいう人がいる」

ヤクモが訂正する。

そんな少年に、一瞥をくれて、

「……そうだった。正直、邪魔だけどな。酸素に余分はねぇんだし」

おそらく全員が抱いたであろう本音を、ヒューバートがこぼす。

気まずい沈黙。

ヤクモは小さく、たしなめた。

「いいすぎ」

「だな。忘れてくれ」

近くに浮いていたパーツを手に取ると、ヒューバートはその装甲を撫でる。

表層に埋められたフェムト回路の工学的な紋様に視線を落とす。

「――でもな、ヤクモ。もしも、……もしもだ。こんなかで生き残るために殺し合いがはじまっても、オレは助けねぇぞ」

「うん？」

「オレは誰も助けねぇし、なにもしない。けど最後まで生き残る。生き残って見届けて、それを記録する」

「──うん。そういう人間も世の中には必要だと思うよ。ヒューは記録者に徹せないタイプに見えるけど」

「おまえはどうすんだ？　一人分しか酸素がなくなったら、心穏やかに皆で死ぬか？　それとも他の奴らを殺して、罪業に塗れてでも生き残るか？」

「さあ」

曖昧に濁して、ヤクモは再びコードを手に作業へと没頭した。

Ⅲ

航宙機から信号弾を一発だけ打ちあげた。

小惑星とゴミに遮られてしまう救難信号を、だれかが偶然見つけてくれる可能性は低いだろうが。

後の二発は〈星牙〉用にとっておく。

ヤクモとヒューバートは夜通し作業している。

客室の三人――イヴとジョシュアとサイファは、延々とウノをやり続けた。

なにかに集中していれば、その間は不安や恐怖と向き合わなくともすむ。逆になにかやっていないと、悪いことばかり考えて頭がおかしくなりそうになってしまう。

狭い限られた空間、最悪な状況の中で、真に恐れるべきは退屈であった。

不安を払いのけるために延々とゲームが続けられた。

長い一日が終わり、新たな一日がはじまって、それでもまだゲームが続けられた。

明け方ごろになって、ようやくジョシュアとサイファが眠りに就いた。

「寒い……」

二人の寝息に耳を傾けながら、イヴはかじかむ指先に息を吐きかけた。

吐息が白い。

外套とかき合わせ、毛布にくるまっても、それでも寒い。

機内の空調関係が破壊されているので、どんどん室温が低下していた。

じっと耳を澄ませば、床下の貨物室から、装甲と装甲を接合して行く音が聞こえてくる。

ヤクモたちはまだがんばっている。

一瞬、覗きに行こうかと思ったが、すぐにやめた。

技術のない自分が顔を出したところで邪魔になるのが関の山だ。

そういえば、と。ぼんやりと彼女は考える。

〈星牙〉にあの猫のペイントをしたのは誰なのだろう?

カシマではない。

カシマがD-HHUMにペイントしたら、きっと企業広告だらけのF1カーもどきにしてしまうに違いない。——彼の所有するD-HHUM〈神羅〉のように。

ヴェルクラウスだろうか? でもあのひとは猫は嫌いだ。

わざわざ猫の絵を描かないだろう。やっぱりラーナーだろうか?

帰ったら訊いてみよう。

帰れたら……。

途端に、彼女はなんともいえない郷愁に包まれた。

二度と戻ってこない。——思えば、そんな言葉を父に投げ付けて、彼女は家を出たのである。

ここでこのまま助けがこなければ、あれが父と交わした最後の言葉になってしまう。

「それはなんかやだな……」

知らず、小さな呟きが漏れた。

自分でも驚くほど、弱々しい声だった。

イヴはむくりと身を起こすと、かばんからスケッチブックを引きずり出した。

せめて文字にして今の気持ちを残しておこう。

『ごめんなさい』と。

そうすれば――縁起でもない話だが――たとえイヴが白骨死体になった後だったとしても、誰かが見つけてヴェルクラウスに届けてくれるかもしれないから。

イヴはスケッチブックを開いて、けれどそこで彼女の手は止まってしまった。

その頁には彼女の描いた絵がある。

二人のパイロットの死体がコクピットに漂っている、鉛筆のラフスケッチは三週間と四日前のイヴが描いたものだった。

三週間と四日前の彼女が、三週間と三日後の未来を――昨日を描いたものだった。

「………」

彼女はしばらくの間、自分の描いた絵をじっと見つめていた。

イヴ・ハイデンライヒは何度も未来や過去の映像を見ている。

そしてそれが何度も彼女の危機を救ってくれたのはまぎれもない事実であった。

なぜだろう？

なぜこんなものが見えるのだろう？

その意味を、疲労し衰弱した脳で彼女は必死に考えようとした。

思考を遮るように、ふと周囲の灯りが落ちる。

「……なに？」

先ほどまで灯っていた客室の灯りがすべて消えてしまった。

動力――交換炉は無事でも、制御系が内砕弾でやられてしまっているので、電力供給が不安定なのはどうにもしようがない。

仕方なく、イヴはスケッチブックを畳むと、座席にもたれかかり、毛布に包まった。

ごっ、と時折小さな石が航宙機に衝突してくる音が、静寂の中で不気味に反響する。

目を閉じて、しばらくの間、今日のことや明日のこと、自分のことやヴェルクラウスのこと――埒の明かないことを、あれやこれやと思い巡らせていたが、やがて肉体と精神の疲労が押し寄せてきて、彼女は眠りの淵へと落ちて行く。

気が付けば、イヴの目の前に死体が浮かんでいた。

その死体には、首がない。

イヴの背になにかが当たった。振り返って見てみると、それは人間の頭部だった。

髭面の男――グイドの首だ。

次の刹那、死体が消えた。首も消えた。

イヴは客室の床に倒れている。

目の前には血が飛び散っている。

腕から、頬から、太ももから、血が流れている。

彼女の体には鋭い刃物で切りつけられたような傷が無数にある。

体が動かないのは、誰かがイヴを押し倒して馬乗りになっているからだ。

暗くて相手の顔は見えない。

頭上で、刃が煌めいたかと思った刹那、イヴの心臓を日本刀に似た刀が貫いていた。

刀の鯉口には細やかな真鍮の細工が施され、その刀身には小さく漢字で銘が彫られている。


――――桜舞と。

イヴは自分が殺される瞬間を垣間見た。


イヴ・ハイデンライヒは跳ね起きる。

そこは変わらず〈テンペスト77〉の客室座席だった。

周囲は暗く、窓の外、小惑星帯の向こう側に、真っ白な太陽の光が微かに見える。

肩で息をし、呼吸を整えて、イヴは己の胸に手を当てた。

とくん、とくん、と心臓が鼓動していた。

早鐘のように打っている。

あれは――。

「未来……?」

凍えそうな寒さのなか、冷たい汗が彼女の背を伝い落ちて行った。

Ⅳ

――時刻は朝八時だった。

時間感覚の麻痺した宇宙空間に浮かぶ〈テンペスト77〉は静まり返っていた。

手探りで携帯灯を掴むと、イヴはごそごそと座席から這い出し、通路を歩く。

ジョシュアとサイファはまだ眠っていた。

貨物室からD-HHUMを組み立てる物音は聞こえてこない。ヤクモたちも寝ているのかもしれない。

客室の後部ドアを開け、イヴは無重力状態の通路に出た。

ふわりと、柔らかな金糸の髪が宙に遊泳する。

酸素濃度の低下した空気に息苦しさを感じながら手すりを掴むと、イヴは宙を漂うなにかに顔をぶつけた。

凍えるような寒さの中、かじかむ手で携帯灯を点け、前方を照らした彼女は言葉を失った。

まとめて客室の隅においておいたはずの大量の宇宙服が、宙を漂っていた。

しかも、どれもこれも、生命維持装置をずたずたに切り裂かれている。

その向こう、グイドを閉じ込めておいたＶＩＰ室のドアが開け放たれているのに気付いたイヴは、さらに眉根を寄せた。

どくん、と心臓が跳ねた。

――嫌な予感がする。

しばしの逡巡の後、彼女は宇宙服を掻きわけて進み、ＶＩＰ室を覗きこんだ。

携帯灯で照らし出された個室には、血溜まりができていて、その血溜まりの中に首のない男の死体が浮いていた。

「――――！」

息を呑み、ふらふらと後退した彼女の背に、今度は丸いなにかが衝突した。

恐る恐る振り返ると、それは髭面の男の首――死体から切断されたグイドの頭部だった。

恐怖のカタチをその顔に張り付かせたまま、見開かれたその瞳孔が虚空を見つめている。

大変だ――！

ヤクモを呼びに行こうと、イヴは踵を返したが、彼女はすぐに足を止めてしまう。

脳裏に蘇ったのは先ほど見た夢だった。

ヤクモの桜舞で刺し殺される夢。

予言のヴィジョン。

あれが来るべき未来の映像だとしたら、イヴは桜舞の持ち主に殺されるのだ。

「………」

イヴは無意識に爪を噛んでいた。気付き、止める。それはいつもヴェルクラウスに注意されている彼女の悪い癖だった。

寒気がするのは、機内の温度のせいだけではないはずだ。

「どうした？」

サイファの声がして、携帯灯の二筋の光が通路を照らした。

客室から、サイファとジョシュアがやってくるところだった。

「イヴちゃん、急にいなくなるから心配して――ど、どうして宇宙服がこんなところに……」

ジョシュアが目を白黒させて、驚いている。

イヴはその後ろのサイファをじっと観察した。

彼女の吐く息だけ白くない。

完全な生身ではないのは確実であろうし、おそらく体の結構な部分を機械化しているのだろう。

やっぱりサイボーグだ。

ぼんやりと考えながら、イヴは無言で、グイドの首を指差した。

状況を示すのに、言葉など、必要なかった。

じわじわと、だが確実に状況は悪化している。

刻々とタイムリミットが迫っていた。

――死へのカウントダウンはすでに始まっていた。

V

十一年前。火星から亡命してきたカシマ・キングダムは十四歳で、思えばそのときの彼はまだ三つ年上のヴェルクラウスよりも背が低かった。

リュケイオンIの計画議事堂はちょうど改築の最中で、工事中の、剝き出しになった鉄骨の上に少年が立っているのを見つけたヴェルクラウスは、近くの窓から叫んだ。

「なにをしている！　危ないぞ」

「大丈夫です。少し街を眺めてるだけだから」

両手を広げ、梁の上でバランスを取りながら少年が答える。

地上五百メートル。命綱もなく、足を滑らせれば命はない。

「好きなんですよ」

「なにが！」

問うたヴェルクラウスに、

「工事現場が」

梁の上で風にあおられながら、あっけらかんと少年は笑った。

「工事現場ってなにができるか、わくわくするでしょう。俺が住んでた火星はいつもどこかが工事中で、ちょっと目を離すとその間に知らない街に変わっていたりする。だから、建設中の建物があるとついつい目が行ってしまう。過去を破壊して、未来を建ててくれるんじゃないかって期待して――、結局完成したときいつもがっかりするけど」

「なぜ?」

「きまってる。つまらない建物が完成するからですよ」

少年は言ったが、ヴェルクラウスは彼がなにに幻滅しているのか理解できなかった。

「お兄さんはこの街が好きですか? 美しいと思いますか?」

少年に問われて、ああ、と素直にヴェルクラウスは頷いた。

事実、彼はリュケイオンのこの整理された街並みが嫌いではない。

梁の上を危なげなく移動して、窓のところにやってきた少年はヴェルクラウスにたずねた。

「なぜです?」と。

「なぜって……」

言葉に詰まった。

「――時間と私の感覚が同期しているからだろうか」

少し考えた末にヴェルクラウスは答えた。

少年は首をかしげる。

「現在に満足してるってことですか?」

「ちがう。そういうことではなくて――」

ヴェルクラウスは言葉を探した。

こんな年下の子どもの質問に答えるために、なぜ自分は四苦八苦しているのだろうかと思いながら、ヴェルクラウスは説明する。

「そもそも未来を計算するなど不可能だ。神定方程式は解くことのできない方程式だった。現在に生きる者は過去と現在しか知らないし、認識しようがない。過去の蓄積から導き出した最善の回答としての、現代の構造物を受け入れざるを得ない。まだ知らぬ未来の法則で記述された未来の構造物を、現代に生きる我々が美しいと認識することができるものか」

ふぅん、と少年は面白そうにヴェルクラウスを見た。

値踏みされているようで、居心地が悪かった。

「俺はね、お兄さん。世界にあるもののどれも、美しいなんて思ったことがない。今ある全ては時代遅れの遺物にすぎないんです」

高い場所からヴェルクラウスを真下に見おろし、少年は言う。

「街ごと俺が造り替えてやりたくなる。だからちょっと協力しませんか、ミスター・ハイデンライヒ」

「……協力だと？」

ヴェルクラウスは戸惑った。

そう、と少年はうなずく。

「いまの俺には自分自身と人脈しかない。人脈も、シバの名で支えられてきたものは捨てなければならない。だけど、やりたいことがある。あんたの養育責任者は新世界議会のウォルシンガム議長で、コネも政治力もある」

「……君に協力して私になんの得がある」

「時代の中に記念碑を建てることができる。無形である思想を生きた証として、具現化できるんだ」

少年の語調が強まった。野心を垣間見せて挑発的に言う。

いずれ誰かに壊されるかもしれないけど、と肩をすくめて彼は続ける。

「ミスター・ハイデンライヒはＤ・ＨＨＵＭの研究をしてると聞きました。ついでにスランプだとも」

行き詰まっていることをなぜ知ってるんだ、叫びそうになるのをヴェルクラウスは堪えた。

少年は窓の桟から飛び降り、ヴェルクラウスに並ぶ。

その顔からは先程までの子どもらしい無邪気さが消失していた。

その琥珀の双眸でじっと見あげ、少年は言う。

「これは公平な取引だ。あなたに協力しましょう。だから俺にも協力してほしい。俺は力が欲しい」

自分は悪魔と契約しようとしている。

一回りも小柄な少年に、得体の知れない恐怖を感じながらも、だがそれでもヴェルクラスはたずねてしまった。――そうせずにはいられなかった。

「なにをするために？」

「戦うために」

「……火星とソレンセンに復讐する気か？」

大真面目に訊いたのだが、少年は噴き出した。

しばらくの間、腹を抱えてひぃひぃ笑った後、少年はようやく笑いをおさめて、目じりの涙を拭った。

「俺は人間なんかと戦うつもりなんてないね」

「だったらなにと戦うつもりだ？」

眉をひそめたヴェルクラウスに、少年は――十四歳のカシマ・キングダムは答えた。

「時間と空間と死と」

――なぜ、今頃になって、こんな昔の記憶を思い出すのかと、ヴェルクラウスはぼんやりと考える。

感情を抑制しようとして脳の違う部分が刺激されてしまったのだろうか……。

否、そもそもは〈テンペスト77〉の事故の原因を辿ろうとしたことにある。

カシマ・キングダムに協力したのは他ならぬヴェルクラウスであった。

だからこそカシマは〈ゲート〉を造り、結果的にこの事故を招いてしまった。

彼が手を貸さなくとも、結果は変わらなかったかもしれない。

けれど少なくともこの現在を作り出した因果の元はヴェルクラウス自身にあるのだ。

事件から一夜明けた朝も、宇宙港での救難活動は続けられていたし、〈ゲート〉から消えた〈テンペスト77〉の捜索も続行されていた。

レスキューとカシマが投入した警備隊が協力し、遭難予想ポイントを捜して回っていたが、未だ何の手掛かりも掴めていなかった。

あがらない成果に、周囲には疲労の色が見え隠れしていた。

外の空気が吸いたくなったヴェルクラウスは、緊急対策本部を後にして、屋上のドアを開けた。

そこには先客がいた。

人工の太陽に染まる朝焼けの都市を、カシマ・キングダムが煙草をふかしながら眺めていた。

今回の事故で、ここぞとばかりにバッシングを浴びたキングダム・グループの総帥であったが、しかし彼自身には微塵も堪えた様子はない。

この程度のことで彼は苦境に陥りはしない。

カシマ・キングダムは、もはや火星の経済連に潰されかけて、ヴォルフィードに敗北し、故国を追われた十四歳の少年ではなく、十次元構築航法理論を具現化させた〈ゲート〉という存在を手にして、太陽系の交通網を一手に握る、若き〈鉄道王〉だった。

いかなるスキャンダルも、力を手にしてしまったこの王を、貶めることはできやしない。

「――まだ満足できないのか？」

気が付けば、ヴェルクラウスはたずねていた。

カシマがゆっくりとふり向いた。

昇り行く人工の太陽と、銀嶺の都市を背に立つ、鋼色の髪の男はなんのことかと首をかしげた。

「世界はまだ貴様にとって美しくないのか？」

もう一度、問う。

〈鉄道王〉はその琥珀の双眸をしばたかせ、それから口元にシニカルな微苦笑を作った。

「ああ、美しくないな。もしも俺が神になったなら、一から世界を作り直してやるのに」

「お前のいうとおりに行動すれば、世界そのものが壊れかねない」

「壊れないさ。壊すよりも速くあらたに世界を作りだせばいい」

ここ数年、莫大な財力を盾に、太陽系の形をいいように変えてきた男は断じた。

「あまねくシステムなんざ所詮、人の妄想の産物にすぎん。絶対的なものじゃない。古くなりゃあ新しいもんに取り替えればいいだけさ。結局な、ヴェル。神が人間に与えたのは言語の基盤だけだ。世界のあらゆる構造物と、その構造物を作る礎となった法則は、言語を利用し人間が作りだしたもんで、そもそもその言語さえ、神の与えた基盤を基に人間の作った道具にすぎやしない。――道具は使うもんであって崇めるもんじゃないさ。道具を崇めるのは阿呆のすることだ」

「…………」

ヴェルクラウスは答えなかった。

実の弟が行方不明だというのに、カシマは平然としている。

ああ、そうだとも。こいつはこういう奴だ。

いかなる忠誠も、いかなる伝統も、いかなる血族も、いかなる国も、いかなる法も――

カシマ・キングダムの足枷にはなりえない。

彼は人の生み出した妄執、概念に縋りつく者に、侮蔑の一瞥をくれて、一人で前へ前へと進んで行く。

迷いのない高みにいるカシマ・キングダムという人間を、それでもこのときうらやましいなどと微塵も思わない自分に、ヴェルクラウスは内心で少なからず驚いた。

「……守りたいものはないのか」

イヴのことをぼんやりと考えながら、ヴェルクラウスは訊く。

「ないな」

カシマはあっさりと答えた。

「作りたいものはあっても守りたいものはない」と。

――そうかもしれない。

彼にとっては、あの巨大な企業も自分のために自分で作ったもので、役員や株主、従業員の奴隷になってやる気などさらさらないのだろう。

ものにしたとたん、飽きて捨てた恋人たち。長続きしない華麗なる女性遍歴。

父親を自殺にまで追い込んでも、それでもカシマという人間は歩みを止めなかった。

カシマ・キングダムは力そのものだと、ヴェルクラウスは思う。

カシマを現在に留めさせるに値するものなど、存在しないのかもしれない。

カシマの双眸を光の線が過った。

どこかの部下と、暗号回線で情報の送受信をしているのだろう。

「ちょうど、うちの捜索隊が次捜索ポイントに移ったそうだ」

「そうか……」

ヴェルクラウスは小さく吐息した。

時間が経てば経つほど、なにもできない自分に嫌気が差してくる。

「――なあ、ヴェル。この都市が彼女を見捨てると思うか？」

ふと問いかけてきたカシマに、ヴェルクラウスは眉をひそめた。

意味のわからない質問だ。

「……なんのことだ？」

「お前んとこのちびのことさ。あいつは新世界に君臨する未来の女王だ。エリエゼルとラシードとヴォルフィードが――リュケイオンの創造主たる三人が、新世界都市を作ったときにプログラムした、生まれるべくして生まれた約束の未来視だ」

長くなった煙草の灰が、風に揺れ、地面に落ちた。

〈鉄道王〉は旧知の物理学者に意味深な視線をくれる。

「だから引き取ったんだろ？　ウォルシンガムのじいさんに命令されて」

「…………」

ヴェルクラウスは沈黙する。

沈黙はすなわち肯定に他ならない。

「新世界都市は新世界市民そのものであり、同時に演算機であり、結局のところは三人の設計者の意思の亡霊にすぎない。人も都市も経済も、あらゆるものが連中に計画されて、計画通りに進んでる」

「……貴様の存在はイレギュラーだろうに」

「どうかな……。是非ともイレギュラーでありたいが。俺も駒の一つにすぎないような気もする。それほど、連中は用意周到だ。そんな都市の設計者どもが二世紀前から用意した予言の巫女を、この都市が見捨てると思うか？」

「…………」

ヴェルクラウスは沈黙を守る。

カシマは携帯用の灰皿で煙草の火を揉み消し、息をついた。

「俺は昨日の昼にイヴに会っている」

「知っている」

なぜそんなことを言うのか、怪訝に思いながらもヴェルクラウスは返した。

出発の日、イヴが倒れてこの男が病院に運んだ。

結局、それが間接的な原因となって、二人は大喧嘩になったのだ。

「そのとき、俺はあの子にある物を貸した。絶対に返すし、その有用性を証明すると彼女が俺に言ったからだ」

「……イヴは君と話していたあいだの記憶がないと言っていたがね」

「だろうな」

くく、と〈鉄道王〉は喉の奥で笑った。

なにがおかしいのか、ヴェルクラウスにはさっぱりと理解できない。

天高く昇って行く人工太陽を仰ぎ見て、カシマは琥珀の双眸を眇めた。

「イヴ・ハイデンライヒが無事に戻ってきたのなら、青い機械が俺にもたらした予言は、本当なのかもしれないな。――まったく、困ったね。俺はそんなに悪人じゃないってのに。弟どものほうがよっぽど世界の敵だろうに」

〈鉄道王〉のそれは、ほとんど独白だった。

ヴェルクラウスにはカシマの言葉の意味が理解できなかった。

第四章　冷たい方程式、その解法

Ⅰ

「すげぇ綺麗な切断面だな。鋭利な刃物でスパンとやられてやがる……」

グイドの死体をカメラに収めながら、ヒューバートは呟いた。

「止めてよぅ、止めてよ、もう……」

ジョシュアはすっかりおびえている。

切断された首の、虚空を映す瞳孔を凝視していたイヴの視界が急に遮られ、彼女はびくりと身をこわばらせた。

背後から少女の目を覆いふさいで、ヤクモはイヴの耳元でささやいた。

「こういうの、あんまり見ないほうがいいよ」

「……いまさらです」

イヴは強引に腕を解くと、少年から逃げ出すように距離をとろうと試みる。

「イヴ」

珍しく真剣な顔つきをした少年が、その手を掴んだ。

瞬間、イヴの脳裏に、心臓を桜舞で貫かれて殺されたおのれの姿が蘇った。

彼女は反射的にヤクモの手を振り払っていた。

「イヴ？　どうしたのさ？」

予想外の少女の態度に、少年はびっくりして、目をしばたかせた。

「いえ……あの――」

「ヤクモ、お前さん、刀どこにやった？」

カメラから目を離してヒューバートはヤクモに並び、問い質してきた。

軽い口調とは裏腹に、その目は厳しい。

「え？　座席に置いたはずだけど――あれ？」

ヤクモは客室にもどって座席の付近を見回した後、少年はやってきたヒューバートを困ったように見やった。

「……桜舞がなくなった」

置いたはずの座席から、父親の形見である単分子長刀が忽然と姿を消していた。

「凶器決定だな」

客室の壁にもたれかかったサイファが呆れ気味に言った。

グイドの死体をＶＩＰ室に放置したままもどってきたイヴとジョシュアもヤクモを見やった。

「ええっと……。俺じゃないよ」

少年は両手を振って必死で抗弁する。

「確かにグイドさん殺した凶器は俺の桜舞かもしれないけど、殺したのは俺じゃない。――てか、昨日はずっと貨物室で〈星牙〉組み立ててたからアリバイだってあるし。ねぇ、ヒュー」

「まあな。でも俺ら、集中力落ちたから明日に備えようって、さっきまで寝てたんだわ」

だからこっそり抜け出してもお互い気付かねぇよ、とヒューバートは肩をすくめた。

場に疑心暗鬼の微妙な空気が流れた。

「んで、君らはどうなんだ？」

ヒューバートに逆に聞き返されて、客室にいた三人は顔を見合わせた。

「寝てました。だけど他のみんながほんとに寝てたかどうかは証明できません」

イヴが言った。

ふうん、とヒューバートは鼻をならす。

「そして第一発見者は君、と」

「……私、殺してませんよ」

「おれもだ」

「僕もだよっ！」

　ぼそりとサイファ。

　悲鳴交じりに、ジョシュアが叫ぶ。

「これって殺人犯がまだ機内に潜んでるか……。それか、僕ら五人の中にいるってことじゃないか！　冗談じゃない！　僕は冗談じゃないからね！」

「つーか、犯人この中にいるんじゃねぇの？　昨日、あんだけ調べたんだ。隠れる場所なんざないっしょ？」

　とヒューバート。

　後ろでジョシュアが顔を引き攣らせた。

「これで酸素が一人分浮いたんだ。せいぜい犯人に感謝するんだな」

　サイファが吐息交じりに不謹慎な本音を発し、なんともいえない嫌な沈黙がまたしても空間の支配者となった。

「……いや。感謝はおかしいんじゃないかな。宇宙服の酸素タンクもずたずたにされてんだからさ」

ヤクモは引き裂かれた宇宙服の存在を思い出して反論する。

グイドの生首の衝撃で忘れがちだが、これはかなり大変な出来事だった。確保していたはずの生命維持装置の酸素がおじゃんになってしまったのだ。

イヴは眉をひそめる。

「犯人は本気で私たちと無理心中する気なんでしょうか」

「さあな。――考えたらなんか息苦しくなってきたわ」

「動かないことだね。騒がない。興奮しない。怒鳴らない。それが一番だ」

ヤクモは顔をあげて言った。

少年はその琥珀の双眸で、四人の少年少女たちを睥睨し、そして告げる。

「今日中に〈星牙〉を組み立てて、俺が助けを呼びに行く。だからさ、大丈夫。絶対に全員助かるよ」

根拠なんかあるはずのない少年の言葉。

だが彼の言葉には、人を落ち着かせるような力が不思議と備わっていた。

寒さで凍り気味の朝食をとった後、イヴはしばらくＶＩＰ室に放置されたグイドの死体を凝視していた。

あれからみんなでなくなったヤクモの単分子刀を探したが——酸素がもったいなかったので、大掛かりには捜せなかったが——結局見つけられなかった。

イヴの未来視が確かなら、彼女はあの刀で心臓を貫かれ殺されることになる。

「…………」

目の前にあるグイドの死体は、未来のイヴの姿であるかもしれないのだ。

すでに感覚が麻痺しているせいか、恐慌をきたすほどの恐怖はなかったが、彼女は未知と遭遇した際に覚える、得体の知れない薄ら寒さに包まれていた。

未来のイヴを殺したヤクモの刀。

刀の所有者はヤクモなのだから、やはり犯人は彼なのだろうか——。

イヴは酸素のまわらないせいで思考速度の落ちた頭で、ヤクモ・イシュカ・シバがどんな人間だったかを考えようとした。

彼は火星の名門の御曹司で、たいていのことはできる少年だ。

落ち着いていて、滅多に怒らない、焦らない。情緒の安定した性格の持ち主で、他人を縛るのも、縛られるのも嫌う、自由な気質の……悪く言えば自分勝手な人間だ。

珍しい蝶が舞いこんできたら、たとえ結婚式でも新婦を置いて、網を手にそのまま追いかけていってしまうような人間で……、善良というのとは違う。

凶暴性はないが、いざとなれば平然と冷徹な判断も下しそうな気もする。

たぶん自己犠牲精神はない。

酸素がなくなって——それが必要なら、淡々と他の人間を殺せるのではないかと思う。

だけど結局、本当のところはわからない。

半ば上の空で、グイドの死体を眺めていたイヴは、シャッターの音で我に返った。

「いい絵が取れた」

振り向くと、満足そうに笑うヒューバートが立っていた。

「……写真撮るなら、許可を取るのが礼儀じゃないでしょうか？」

「残念だがオレはありきたりのピースサインや作り物の笑顔を取りたいわけじゃなくてね。被写体がカメラを意識してない自然な顔を撮りたいわけだ」

いけしゃあしゃあとパパラッチの美学をのたまって、ヒューバートは画像を確認する。

あまりに悪びれないこの態度には、イヴも呆れてしまう。

「……そういうの、世間では盗撮というんですよ」

「そうとも言う。無事に帰って現像したら、額縁に入れて送ってやるぜ」

「じゃあ、楽しみに待ってます」

無事に帰れたら。

意味深で、重い言葉だった。

携帯灯をもてあそびながら、イヴはちらりと年上の少年を見あげた。

「〈星牙〉の組み立てはどうしたんですか？」

「休憩中」

ヒューバートは肩をすくめてみせる。

あれ？

真近で彼の顔を見て、イヴは初めて気付いた。

ヒューバートの紫色の双眸の、左右の色が微妙に違う。

いや、正確には色彩は同じなのだが、光の屈折率が違うせいで、携帯灯に照らされた暗い空間で、違うように見えてしまったのだ。

サイファのように色が違うのではなく、素材が違うような感じだった。

「かたっぽ義眼ですか？」

「ん？　ああ、眼のことね」

ヒューバートは軽く左目を押さえて、口元を歪めた。

「義眼つーか借り物かな。ここじゃ使えねぇから意味ないんだけどねぇ」

「?」

「都市の通信網圏にいないと、なんもできないプラグドと同じようなもんさ。なんつーか、人間てのはいつもはネットワークの上に胡坐をかいて、万能人を気取ってるわけだが、こうやって通信網から切り離されちまうと、とことん脆弱で孤独なもんじゃないか」

目を伏せ、ケイ・ヒューバートは少し笑った。

「いや、孤独自体は嫌いじゃないけどな。人はそもそも孤独な存在だろうし」

「そうですね」

「だから、人と同じものを見て、ともに笑い、悲しみ、感動し——感情を共有しようと思うんだろうな」

言いながら、ヒューバートは紙に焼いた写真をカメラのケースから取り出し、イヴに差し出した。

写真いっぱいに紅蓮の太陽が写っている。

母なる赤色巨星から沸きあがる、プロミネンス。

「一緒に遭難した記念にあげよう。けっこう綺麗に撮れてるっしょ?」

「……こんなのどこで撮ったんですか?」

「こっち来る前、太陽観測調査隊に帯同しててさ。そのときに。この際だから告白しちまうと学生ってのは嘘。オレはフォトジャーナリストだ。これはマジで」

ケイ・ヒューバートはおどけて見せる。

イヴは眉をひそめた。

「……どうして隠してたのに、教えてくれるんですか」

「そりゃあ君の魅力ゆえに。秘密を話さずにいられない罪な女の子なんだよ、君は」

ヒューバートは片目を瞑ってみせ、イヴは不信感をあらわにする。

「真面目に答えてください」

「いやいや。真面目ですよ、オレは」

「そうは見えませんけど。フリーなんですか？」

「元はね。いまはちょっと専属契約してたりするからフリーではないかも。つっても一九九年末までの期間契約だけどな。――おっと、もうこんな時間か。んじゃ、そろそろ戻るわ」

腕時計に目をやり、ヒューバートは話を切りあげた。

それから落ちかかる赤銅色の髪をかきあげ、その紫電の双眸でじっとイヴを見た。

彼の左耳だけに付けられた、耳飾りが揺れる。

「生きて帰ろうぜ」

「ええ」

イヴは心の底から、うなずいた。

Ⅱ

──午後六時。

時間は容赦なく過ぎ、酸素もまた減ってゆく。

時間感覚はとうの昔に消失していた。

ケイ・ヒューバートはレンチを取ろうと手をのばした途端に、眩暈を覚えて頭を押さえた。

酸素が行き届かない脳が、体に対して反乱を起こしかけているのだ。

喘ぐように呼吸をして、見あげた先には、九割がた組み上がったD-HHUM〈星牙〉の姿があった。

あと一息だ。

おのれを叱咤するように言い聞かせて、ヒューバートは宙を漂うレンチを取った。

「オレの実家はオリンポス・ポートにあってだな」

酸素を余分に消費するとわかっていてなお、ヒューバートは口を開いた。

正気を保つため、話さざるをえなかった。

「オリンポス山に軌道エレベーターがあるだろ？　それを撮るためにカメラを手にしたおっさんたちがしょっちゅう家の近所をうろついてたわけだ」

「いわゆる撮り鉄ってヤツ？」

無重力空間で逆向きになって、〈星牙〉下側を接合していたヤクモの声だけが返ってきた。

「そうそうオタクの一種。小学校のときかな、三脚の上に設置したカメラのフレームからじっと軌道エレベーターを覗いてるおっさんがいてさ、でもそいつは車両がエレベーターから降りてきても一向にシャッターを切らねぇんだ。ただじっと待ってる。そいつがなにを撮ろうとしてるのかすげぇ気になって、オレもその横でずっと待った。何時間も待って、日が暮れたころ、ようやくそいつはシャッターを切った。そのおっさんが撮りたかったのは、沈む夕日が作るグラデーションの夕焼けの空と天に昇る列車だったわけだ」

「綺麗だった？」

「ああ。……あのおっさんに会ってなかったらオレはたぶん、一生、あんな光景があることに気付かなかっただろうな」

「だからカメラはじめた？」

「当たり。オレはそのとき自分が人間に興味がある人間だったって気付いたわけ。オレは未知のなにかを発見できる人間じゃなくて、人の見ているものを見る人間で、誰かが発見した光景を写真にできる人間だって自覚したわけさ」

ヒューバートは過去を回顧し、紫の目を細めた。

懐かしさがこみあげてくる。

走馬灯のように過去を思い出すのは、本格的にヤバイ証拠かもしれなかったが、溢れ出てくる思い出を塞き止めることはできなかった。

最後の仕上げ、彼にできる最後の仕事へと取り掛かりながら、ケイ・ヒューバートは熱に浮かされたようにしゃべり続ける。

「世界には人しかいない。人の知っていることがすべての世界で、人は人が見たものしか見ちゃいない。オレは人が好きだ。たぶん他の奴らもそうなんだって勝手に思ってる。物が好きだって奴らもいるが、けっきょく世界の構造物は人が作ったものだ。言葉も、方程式も人の作ったものだ。神の作った自然や宇宙すら、人の目を通して人が見ているものに過ぎない。だから――」

言葉を止め、ヒューバートはもう一度告げる。

「世界には世界を観測する人間しかいない」

と、自らに言い聞かせるがごとく、独白した。

最後の箇所が接続される。

組みあがった〈星牙〉の装甲をヒューバートは軽く叩いた。

彼の仕事は終わった。

「こういうときってさ、人の本性がでるよね」

脱力感に襲われ、虚脱したヒューバートにヤクモが言った。

彼の作業はまだ続いている。

「よろしくないよね。理性を放棄せざるを得ない環境なんてさ」

「…………」

体を貨物室の宙に漂わせて、ヒューバートは冷気の中、じんわりと汗の滲んだ額に手を当てた。

「こういう異常な状態で垣間見える凶暴さが、そいつの本質だなんて思いたくねぇよ」

「ヒトのあまねく本質は生存本能だけの獣にすぎないよ、ヒュー」

「……なら、帰ろうぜ。ケモノの本性とやらで生存のための殺し合いがはじまる前にさ」

「うん。そうだね」

少年はあっさりと頷き、笑った。

「たぶん助かるよ。だって俺はこんなところで自分が死ぬなんて微塵も思わないから。悪運だけは強いし、俺の乗ってる船もきっと沈まない」

「……どっから湧いてくんだよ、その自信は」

ヒューバートは胡散臭げな目を少年に向けた。

ヤクモはさらに軽薄に、へらっと笑う。

「こういうときはさ、生存への強い意志が一番大事だろ」

「まぁ、そりゃそうだが」

根拠のない、この凄いプラス思考にはまったく恐れいる。

がたり、と頭上で音がした。

「サイファ？」

ヤクモが手を止め、客室から降りてくるオッドアイの少女を見あげた。

「てめぇ今頃、手伝いにきても遅いぞ。もうほとんど終わって――ッ！」

組み立てていた機体の装甲を蹴ってサイファに近づいていったヒューバートは、銃声を聞いた直後、おのれの胸に痛みを覚え、空中で蹲った。

「ヒュー⁉」

ヤクモが叫ぶ。

宙空でのたうちまわるヒューバートの体を蹴り飛ばし、サイファは彼を撃った麻痺銃を投げ捨てた。

「悪いね、これも仕事でね」

取り出した高振動ナイフの電源を入れ、サイファはその刃をヤクモへと向ける。

Ⅲ

空を振動させる不愉快な音が、貨物室に反響した。

ヤクモはサイファに、持っていたスパナを投げつけた。

高振動ナイフが飛んできたスパナを両断した隙に、ヤクモはオッドアイの少女へと掴みかかり、天井を蹴って、床へと叩きつけた。

「ヒュー！　客室に戻って、ここを閉じろ！　こいつは俺がなんとかするから、イヴたちを頼む!!」

「あ…ああ……」

胸を押さえうめくと、麻痺銃による麻痺の残るヒューバートはふらつきながら、貨物室から客室へと這い出した。

「ヒューバートさん!?」

駆け寄ってくるイヴに、ヒューバートは半ば怒鳴りつけるように命じた。

「いいから、修繕用の樹脂で床を塞げ！　すぐだ!!」

強い口調で命じられたイヴは、反射的に単分子刀でヤクモが開けた貨物室への穴に、もとの蓋をし、スプレー接着剤を吹きかけ密封する。

放出されたスプレー接着剤が空気と反応し、樹脂となって溝を埋めてゆく。

作業を終えるとすぐさまイヴはヒューバートのもとへと駆け寄った。

「大丈夫ですか？」

「ああ……大丈夫だ……」

思考が朦朧とするなか、ヒューバートはなんとか応じる。

体が痺れて動かない。意識が遠くなる。

イヴはヒューバートを座席に横たえると、踵を返した。

「いま水を持ってきます」

ヤクモのことも心配だったが、いまは目の前のできることをやらねばならない。

――が、
くらり、とイヴは眩暈に襲われた。

息苦しい。酸素不足によるものかもしれない。

ふ、と左右上下の感覚が消失し、彼女は倒れかけた。

眼前に広がったのはここではない場所の光景だった。


また、だ。――また白昼夢を見ている。


夢。青い純ヒト型HHUMとハルナ・レナード・シバが、蒼い薔薇の咲き誇るどこかの庭園で、お茶を飲んでいる。

「――は未来を知るための計算機を作ろうとした。それにはコンピューターの基盤脳だけでも駄目だった。人間の有機脳だけでも不十分だった。だから彼らは新世界を設計したの。計算されつくした計画的な都市と、都市に接続された市民たち――プラグドの脳を計算機にして、二百年間もの間、方程式を解き続けたのよ」

青いHHUMが話しているのは神定方程式のことだ。

青いHHUMは〈ブルーフラワーズ・ワールドエンド〉の指導者シスター・ブルーなのだろう。

だって世界には彼女以外にヒトそっくりで、ヒトの言葉を話す言語機械は存在しないから。

——場面が切り替わった。

「よろしく頼めるかしら」

青いＨＨＵＭは爆弾が入ったスーツケースを閉じて、少年へと手渡した。

「お任せください、シスター・ブルー。——必ずカシマ・キングダムを地獄に追い落としてみせます」

暗い眼をした少年が、恭しくスーツケースを受け取った。

その少年は——

「ジョシュア……」

呟いた瞬間、イヴは腕に痛みを感じた。

血が飛び散った。

反射的に、飛び退き、振り向いたその先にはそばかすの少年が——ジョシュア・ライザックが立っていた。

その手には、血の滴る単分子刀——桜舞が握られていた。

「――ッ！」

イヴは身を翻(ひるがえ)し、閉じた床下(ゆかした)を剥(は)がそうとしたが、有能な瞬間接着剤(しゅんかんせっちゃくざい)で止められて床はびくともしなかった。

太ももに激痛が走った。

「あぅっ！」

少女の口から悲鳴が漏(も)れる。

ジョシュアがイヴの太ももを突(つ)き刺(さ)していた。

動けなくなって彼女はそのまま後ろに倒れこんでしまう。

「ひどいよ、シスターは。迎(むか)えにきてくれるって行ったのに、ぜんぜん迎えに来てくれないんだもん。僕はシスターの言うとおりにやったっていうのに」

正気を逸(いっ)した暗い目で、ぶつぶつと独白し、ジョシュアは桜舞を引き抜き、少女の口からまた悲鳴が漏れる。

「もういいよ。みんな死ねば。――お前も死んじゃえ」

ジョシュアの手に握られた刀が、真上からイヴに向かって振りおろされた。

「そろそろ行くわ。わたしは結末を知っているはずだけれど、でも行かなくちゃ」

〈別荘〉の格納庫出口に青子は歩いてゆく。

ハルナの横には〈無幻〉が跪いている。

量子通信が可能な距離で、ハルナはおのれのエンジニアリング・タグを通してD-HHUMと、無線接続の接続・制御手順を開始する。

別れの時間が近づいていた。

「……結末を知ってるなら行動しなくてもいいんじゃないのか?」

ぽそり、とハルナは呟く。

青子は首を横に振り、微笑んだ
「予言ではわたしが動くことになっているのだもの。だから動くの」

「動かなければいい。それだけで未来が変わる」

「未来は決まっているんだもの」

「……世界が破壊される未来を変えようとしてるくせに」

「それはわたしの存在意義だから。父たる主はわたしを人類の望みを叶えるために造ったのだもの。変わらないことを知っていても、わたしは運命を変えようとしなければならないの。必ず殺すわ。もう一人の巫女を」

言語機械の奇妙な論理。

これが人類の知性が生み出したHHUM、言語によって記述された青子は、完全な感情と本能で動くことができないが故に、窮屈な縛りの上にあるらしい。

半ば呆れ、ハルナは吐息した。

「難儀なことだな」

「たまにわたしだってそう思うわ」

青子はポニーテールの髪を払いのけ、服の上からじかに推力装置を背負う。

「報酬の支払いは電子マネーでよかったかしら？」

「ああ。現金は持ち歩かない主義だ」

「うん。そう言うと思ってたけど。でも、通信網の整備されてないところに行ったら困るじゃない？」

「そんなところにはいかない。……基本的に」

「ありがとうね。こんな辺鄙なところまできてくれて」

微笑みかけると、青子は格納庫のハッチを開いた。

「人類を救いたいなら、あんたが兄さんの心を変えればいいって僕は助言してやったんだから、是非試してほしいね」

青い言語機械の背にむかってシバ家の次男は声をかけた。

その言葉の意味を、青子はすこし考えて、それから嫣然と微笑んだ。

「そうね。今度会ったら試してみようかしら」

と。

〈U-blue970...〉

〈U-GooD-BYe〉

タグの接続を通して、〈無幻〉がシスター・ブルーに別れを告げるのが見えた。

「さようなら」

ハルナと〈無幻〉に別れを告げると、青子はそのまま、宇宙空間へと躍り出た。

宇宙空間と格納庫——彼我の気圧の差によって、格納庫の空気が吸いだされてゆく。

飛ばされそうになるハルナを庇うように、〈無幻〉が装甲の手で壁を作った。

ハッチが閉じ、推力装置のエンジンの火と、小さくなる青い髪の女の姿がハルナの視界から消失した。

言語機械が去り、場には沈黙が落ちた。

「〈無幻〉、僕が彼女を気に入ったって言ったらどうする？」

ハルナはおのれのＤ-ＨＨＵＭを見あげて、何気なくたずねてみた。

途端、彼の『鋼鉄の恋人』は不機嫌になった。


〈i-DeSTROy-U〉

〈i-DeSTROy-U〉

〈i-DeSTROy-U〉

〈i-DeSTROy-U〉

〈i-DeSTROy-U〉

〈i...〉


ディスプレイの文字が止まる。

しばらくして、〈無限〉は一つのことばを綴った。

〈i-MiSS-U〉

――と。

「僕もだ」

ハルナは口元を綻(ほころ)ばせ、目を閉じた。

言語機械の論理解は、時に素直(すなお)に愛(i)を語るのだ。

〈i-MUGEN〉

〈U-HARUNA〉

〈i-MiSS-U〉

――あなたがいないと寂(さび)しいの。

V

丸一日が経過した。無常にもさらに時間は過ぎてゆく。

一日しか経っていないともいえる。

まだ見つからない。手掛かりさえも見つからない。

焦燥と不安、そして疲労だけが降積していた。

ヴェルクラウスが十一個目の遭難予測ポイントに当たる光点を凝視していると、背後から急に頭を叩かれた。

「――な、」

後頭部を押さえて振り向いた先、丸めた資料を手に、メイアが仁王立ちで立っていた。

隊長のハイデマンは部下を率いて捜索に出ていたが、もしものときのために、彼女だけは残っていたのだ。

「なにをする……」

「それはこっちの台詞よ。あんた、いつまでここにいる気？」

ここにいてなんとかなるわけじゃないでしょ？

もうあんたの仕事は終わったでしょう？

――暗に咎めるような口調であった。

ＩＦタグの設定を変え、神経を常時覚醒状態にして、ヴェルクラウスは昨夜から一睡もしていなかった。

「なにか問題があるのか？　誰の迷惑になってるわけでもないだろうに」

むっとして反論すると、これ見よがしにメイアは額を押さえた。

「なってんのよ！　あんたがいると他の人間が休めないのよ。考えてもみなさい。計画官僚で、捜索中の娘の父親が、ずっと現場にいられちゃあ部下が休めないでしょうが！　こんなんじゃ、あんたは良くても、周りのほうが先にやられるっての!!」

そういう基本的なことも考えられないのね、とぶつくさと彼女は文句を言った。

周りを見まわすと、確かに不眠不休で稼動していた職員たちは疲弊の極みである。

「仮眠室があるから、寝てきなさい。進展があったらすぐに呼んであげるから」

「いや、いい。一度高技研に戻る。ラーナー君に頼んでいた全天走査の結果がでるころだろうから。——すまないメイア」

「……わかればいいのよ」

らしくもなく、やけに素直に謝るヴェルクラウスに一抹の不安を覚えながらも、メイアは、ふらふらと危なげな足取りで出てゆく上司を見送った。

宇宙救難局の職員に送ってもらい高技研に戻ったヴェルクラウスは、その片隅にある宿舎の前でしばらくの間、立ち尽くしてしまった。

家が暗かったのだ。

玄関の、そのあまりの暗さに、ヴェルクラウスは呆然となった。

思えば長いあいだ、彼は真っ暗な家に帰った記憶がなかった。

イヴが家にやってきてからずっと、いつだって玄関には灯りが点いていた。

どんなに遅くなって、部屋の灯りが消えていても、玄関の小さな灯りだけは点いていたのである。

イヴが灯してくれていたのだろう。

彼女がいなくなったら――。

この家は、これからずっと暗いままなのだろうか？

想像すると、慄然とした。

イヴの部屋は散らかっていた。彼女が出て行ったときのままだ。

あの娘は、口は立つくせに、酷くずぼらで……いくらヴェルクラウスが片づけろと怒っても、まるで耳を貸さなかったのだ。

部屋の中に、娘の痕跡を感じながら、ヴェルクラウスは壁に寄り掛かるように、ずり落ちた。

「所長？　こっちにいるんですか？　入りますよ？　全天走査の件ですけど」

ヴェルクラウスを捜していたのだろうラーナーの声と足音がした。

ラーナーはうずくまる上司を見つけると、首をかしげた。

「所長？　どうしたんですか？」

「情けないな……」

我知らず、ふと弱音がこぼれ落ちた。

「こんな姿、部下に見せるものではないのにな。——あの男なら、キングダムならこんな醜態を晒しはしなかっただろうに」

ほんとうに情けない。

そんな上司に、なにかを察したラーナーは発破をかけた。

「所長は所長です。所長はこういうとき確かに脆いですけど、〈鉄道王〉にはできないことができるんだからいいじゃないですか！」

「できることなどあるものか。私があの男よりも優れていることなどなに一つとしてありはしないさ……」

「所長は〈オーバーロード〉シリーズを作りました。それは誇ってください！」

ラーナーの励ましに、瞬間、ヴェルクラウスは大声で笑い出しそうになるのを、必死で堪えた。

よりによってそれを言うのか、と。

「――私じゃない」

「え？」

「オーバーロードの設計者は私ではないんだよ」

自嘲気味にヴェルクラウスはこぼした。半ばヤケクソだった。

腹心とも言える部下は困惑した表情を浮かべている。

それはそうだろう。

私は、と彼は続けた。

「キングダムの望むものを線にしただけに過ぎない。〈オーバーロード〉を生み出したのはカシマ・キングダムだ。アンチ・ピグマリオン条約に反するような有言語ＨＨＵＭを私が一人で作ると思ったのか？　プラグドに天才はいない。安定を望むあまり、異端を排除し、能力の分散を排除した我々プラグドに、なに一つ新しい姿を作り出せるはずがない」

「…………」

沈黙。

ラーナーはしばらくぽかんとしていたが、やがて口を開いた。

「所長のものですよ」

もう一度、ラーナー・テイラーは強調する。

「〈オーバーロード〉シリーズは所長のものです！　たとえアウトラインを描いたのがカシマ・キングダムでもそれを取り入れることを選択したのは所長なんですから。それにボクはプラグドですけど、火星や木星の技術者に負けるつもりなんてありませんからね。——彼らより、いいものを作ってみせます」

若きエンジニアは断言した。

挑戦に対する宣戦布告だった。

バカなことを口走ってしまったと、ヴェルクラウスは恥じる。

「さっき言ったことは忘れてくれ。——私はどうかしている」

壁に体重を預け、彼は呟いた。

ヴェルクラウス・ハイデンライヒは重力と遠心力の狭間で摂動する小さな惑星のような人間だ。

カシマのように重力を振り切って、星の彼方まで行こうとする人間ではないし、行ける人間でもない。

はるか彼方を望みながら、家族だとか伝統だとか都市だとか、そういったものの引力圏から抜け切れずにいる人間だ。

だから彼にはイヴが必要なのだ。

依存だとなんだろうといわれようと、ヴェルクラウス・ハイデンライヒが娘を必要としていることを彼はこの瞬間に認めた。

ヴェルクラウスに必要だから、イヴは生まれてきて、この家にやってきたのだと、そのとき彼ははじめてそう思った。

——無事に戻ってきて欲しい。

心の底から切に願う。

溢れ出る感情を押し隠すために、ヴェルクラウスは顔を覆うように隠した。

部下の前にいるという最後の矜持が、彼の口から嗚咽を漏らすことだけは、なんとか留めていた。

第五章　動く心と、未来を掴む彼女の手

I

腹を蹴り飛ばされ、ヤクモは天井に激突した。

体勢を立て直し、天井を蹴って加速をつけると、サイファに体当たりし、運動量をそのままサイファへとぶつける。

相手が怯んだ隙に、手首を狙って蹴りあげ、なんとか高振動ナイフを取り落とさせた。

やった！

喜んだ瞬間、腕を掴まれ、ヤクモは投げ飛ばされていた。

「うわわっ」

なんとか立ち直ろうとするが、無重力状態では上手くいかない。

頭を〈星牙〉にぶつけ、目の前で火花が散った。

軽い脳震盪に見舞われながら、ヤクモはかろうじて〈星牙〉に掴まりサイファと相対する。

相手は喧嘩に慣れたサイボーグ。真正面から殴り合っても勝ち目はない。

「サイファ、なんのつもりだ⁉」

じり、と間合いを測りながら、ヤクモはサイファに問い質した。

ふん、とサイボーグの少女は鼻で笑った。

「見ての通り、邪魔をしてるだけだ。助けを呼びに行かれたら困るんでね、手荒なことは好かないが腕一本ぐらいは折らせてもらう」

「なに言ってんだよ。人殺しが」

「殺したのはおれじゃない」

高振動ナイフを拾いあげ、サイファは告げる。

「ここのタンクと宇宙服を壊したのはおれだが、それ以上はやってないね。おまえたちを適度に追い詰めろって契約だからな。――悪いがもうしばらく大人しくしててもらう」

わけがわからない。

状況が読めずに混乱するヤクモに対して、サイファはナイフを構える。

――そのとき、
轟音が貨物室に響き渡り、機体に大穴が開いた。

「はぁい。こんにちはー。みんな大好き青子お姉さんでーす」

破壊された破片が舞う中、推力装置を背負った青い髪のポニーテールの女が、ひょっこりと顔を覗かせた。

皮膚下の回路が微発光し、女は仄かな光に包まれている。

宇宙からやってくるという、あまりにもありえないシチュエーションと相まって、一瞬、妖精の類かなにかと錯覚してしまったが、良く考えるまでもなく、妖精などがこの世にいるはずもなく、だからといって人間が宇宙空間を生身で泳いでこられるはずもない。

ヤクモは彼女が人間ではないことに気付く。

ＨＨＵＭだ。人間そっくりだが彼女は言語機械に違いない。

「シスター・ブルー……」

サイファが呟くが、そのときのヤクモはそれどころではなくなっていた。

「ちょっ――」

開いた穴から宇宙空間に空気が流出しはじめたのである。

人間であるヤクモはこのままでは死んでしまう。避難しなければ。

〈星牙〉の装甲にしがみ付き、ヤクモは吸い飛ばされそうになるのを必死でこらえると、なんとかコクピットをこじ開け、その中に身を転がり込ませた。

「ご苦労さま。もういいわ」

少年を迎え入れた〈星牙〉のコクピットが密封されるのを横目に見ながら、青子は飛ばされかけるサイファの腕を捕まえた。

「いいのか？」

「ええ。ありがとう」

青子は頷き、真空ダイビング用の保護ジェルと簡易マスクを、おのれが雇った木星のエージェントに渡してやる。

太陽系会議がヒトであると定義するギリギリまで――人体の実に七割近くまで機械化したサイファは、短時間であれば宇宙の苛酷な環境の中に放り出されてもたいしたダメージを受けないのだが、一応受け取った保護ジェルを体の周りに塗布し、マスクをつけた。

「ヤクモに〈星牙〉で逃げられるぞ。そうしたら助けを呼ばれる」

「だいじょうぶよ。逃げ道には無人機を配置してあるから」

少女の腕を掴んだまま、青いＨＨＵＭは悪戯っぽく微笑んだ。

「お暇なら、あとちょっとだけ付き合ってくれる？」

「――――！」

イヴは声にならない叫びをあげた。

桜舞の刃が彼女めがけて振りおろされようとした、まさにその刹那、床下から爆発の様な振動が伝播し、機内が揺れた。

「なに？」

ジョシュアが怯んだ一瞬、彼女は全力を振り絞って、どん、と少年の体を押しのける。

必死で起きあがり、床を這い、イヴは必死で床を叩く。

「ヤクモ、ヤクモッ！」

まわらない酸素。思考力の低下する中で、彼女は助けを求めて必死で叫んだ。

「ヤクモ！　――助けて、助けてください！」

ジョシュアの手が彼女の足首を掴んだ。

「――――っ！」

体が宙に放り投げられたかと思った瞬間、イヴはドアに叩きつけられていた。

ずり落ち、逃げようとするイヴの長い髪を掴むと、ジョシュアは座席のあいだに彼女を押し倒し馬乗りになった。

「みんな死んでしまえ。死んでしまえ。神さまはこんな不幸な世界があることをお許しにはならないんだっ!!」

少年は叫び、イヴの目から通常の視力が喪失した。

ぼんやりとした現在の光景の上に、近い未来と過去の――イヴに関連する映像の断片が重なり、そして洪水のように通り過ぎてゆく。

過去――ヴェルクラウスとの喧嘩、青子とハルナの会話――おらくイヴのことを話している。

未来――ジョシュアの桜舞に心臓を貫かれ殺されるイヴ。

イヴに関わる映像しか見えないのは、たぶんイヴ・ハイデンライヒという肉体の延長上にある自我が、個を消滅させて全てを認識させることを拒んでいるからだろう。

イヴはうめいた。

「――あなたが殺したんですね」

「そうだよ。みんな死んでしまえばいいんだ。正しい世界はシスター・ブルーが創ってくれる。シスターはヒトじゃないから、間違いはしないから。カシマ・キングダムみたいな横暴な奴のいない世界を創ってくれるんだよっ！」

異常な感情に取り付かれた少年は、唇を吊りあげ残虐な表情を作った。

もはやそこに、イヴにしがみついて怯えていた少年の面影はなかった。

瞳に映った像――心臓を貫かれる自身の姿が、現実の世界の上に重なって行く。

「そして私はあなたに殺される……」

それが運命。それが予言。

イヴの呟きに、D‐HHUMの交換炉の駆動音が重なった。

Ⅱ

――起動のメッセージは『ハローワールド』。

それはD‐HHUMを含む言語機械を起動させるときの、決まりのようなものだった。

だから〈星牙〉ごと宇宙空間に放り出されたヤクモは、〈星牙〉のコクピットのメインディスプレイに〝HelloWorld!〟と書き込み、エンターキーを押した。

〈Welcome to my world〉

〈Your name?〉

「俺の名前はヤクモ」

目覚める〈星牙〉の中枢制御知能に、彼は答えた。

〈主／八雲〉

〈我／了承〉

メインディスプレイに文字列が浮かぶ。

〈脱力系〉

「俺のこと？」

〈是〉

〈我／星河〉

「字、間違ってない？」

〈我／訂正〉

〈我／星牙〉

「動いて欲しいんだけど。とりあえず通信圏まで」

〈我〉

「うん？」

〈拒絶(きょぜつ)〉

「…………」

まあ確かに、通信網圏外(つうしんもうけんがい)にいる現在、自動操縦はできないわけだが、それにしてももう少し言いようがあるだろうに。

〈我／譲渡(じょうと)〉

〈主／接続〉

「ああ、ごめん。無理。俺、エンジニアリングタグ持ってないから。脳とそっちを接続できない」

〈莫迦〉〈莫迦〉〈莫迦〉

「……わざわざ四倍角にしなくても読めるから」

いたく嘆いているらしい〈オーバーロード〉シリーズの五番機の操縦系統を完全手動にして、ヤクモは駆動系を起動させる。

タグを持っていない――脳に直接接続できないヤクモは、D-HHUMとダイレクトに情報のやり取りができない。

彼にとって〈星牙〉の中枢制御知能は、ただのうるさい表示でしかないのである。

なので表示を切ってやろうかと思ったが、もしかしたら役に立つこともあるかもしれないと思い直して、ヤクモはおしゃべりな〈星牙〉をそのままにしておいた。

「行こう、〈星牙〉」

〈我／承諾〉

〈我／賃送〉

「……お前はタクシーかっての。というか、動かすの俺だし」

まったく、とヤクモは呆れながら溜息をついた。

「危機感薄れるね、お前。俺たち遭難して、生死の境にいるってのにさ」

ともあれ追い詰められているのは事実だ。

一刻も早く助けを呼ばねばならないと、ヤクモは操縦桿を握った。

全システム異常なし。

一応、〈星牙〉のパーツは組みあがっていた。

致命的にミスをやらかしてない限り、大丈夫だろう。——たぶん。

空中分解しないことを祈るしかない。

左右両翼に赤と緑の航空灯が灯る。

排気筒から青白い粒子が、どぅっと噴出した。

戦闘機に似た飛行形態のまま、D‐HHUM〈星牙〉は深遠の闇へと飛び出していった。

言語機械の中枢制御知能は、ご機嫌にヤクモに告げた。

$E=mc^2$

〈我／飛翔(ひしょう)〉 Ⅲ

「ヤクモ……」

青いD-HHUMが飛び立って行く。

赤と緑と、蒼白(あおじろ)い光が描き出す光跡(こうせき)を窓の外に見つけて、イヴは絶望的な思いで呟(つぶや)いた。

ヤクモは助けてくれない。

自分は殺される。

「う……」

頬(ほお)を殴られ、血が飛び散った。

「さようなら、イヴちゃん」

ジョシュアが桜舞を高く振りあげ、イヴはぎゅっと目を閉じ、顔をそむけた。

刀身が振りおろされる。

──新世界！

祈るようにイヴ・ハイデンライヒは都市の名を呼んだ。

彼女はリュケイオンである。

都市そのものなのだ。

新世界都市が未来を計算する巨大な演算機で、イヴの垣間見た映像が、都市の見ている夢ならば、彼女はいまも都市と繋がっているということになる。

都市に接続されたプラグドは、都市と一体化した通信網の外に出てしまうと孤独になり無力になる。

けれどイヴは違う。彼女は約束の出力端末。

たぶん、どこにいても都市と精神の深いところで繋がっているのだ。

きっとイヴ・ハイデンライヒが新世界そのものだから。

ならば、こちら側から都市に助けを求めることができるはずだった。

彼女は新世界都市。

新世界都市は演算機。

演算機は未来の夢を見る。

都市の計算する未来と都市の見る夢を少女は掴もうとした。

いま夢は世界になり、世界は夢になる。

イヴの視界は光に包まれた。

はるか遠くから、すぐ近くに、新世界が駆動し、鼓動する音を、彼女は確かに耳にした。

——目覚めよ新世界、と彼女は叫ぶ。

『ええ。わたしはこの結末を知っているわ。けれど観測が行われない限り、現在は確定されることはない。——つまり彼女が死ぬ現在と、生きている現在』

振動通信にのせて、青子の言葉が伝わってくる。

航宙機の上から、彼女と共にことの成り行きを見守るサイファは、知らず眉根を寄せていた。

青い言語機械には自分を崇める〈ブルーフラワーズ・ワールドエンド〉の信者の少年を

捨て駒にして、利用し、助けの手を差し伸べる気などさらさらない。

ずいぶんと無慈悲なことだと思ったが、依頼者の行動に口を挟むほど、サイファは情動的な非プロフェッショナルなわけではなかった。

人類そのものを見ているこの言語機械の女にとっては個人など、それこそ取るに足りないどうでも良い存在なのだろう。

冷酷な博愛の形。

彼女は言った。

『時間軸上の一点に二つの状態が重なりあっているとして、もしも観測者が未来から任意にどちらかの状態を選び取れるのだとしたら、それは歴史を改竄し、未来や過去を塗り替えてしまうことになる。――その観測者の名を人は神と呼び、そしてわたしは秩序を守るために神を倒さなければならないのよ』

Ⅳ

「時、すべて流れ去り。世界はここに生まれにけり。――昨日を待ちながら私は明日を振り返る」

――世界はここに生まれにけり。

ラシード・クルダ・シバの墓標だった言葉。

その台詞を言ったのはイヴではないが、イヴだった。

気がつくとイヴは深遠の宇宙空間に立っていて、そうして目の前にはもう一人のイヴ・ハイデンライヒが立っていた。

眼の前の、もう一人のイヴは、イヴよりも年上だった。

もう一人のイヴは緑のスカートに赤いネクタイを締めていた。――第二九女学院高等部の制服を着ていた。つまり高校生のイヴである。

彼女は眼鏡を掛けていて、そのフレーム越しに覗く蒼い双眸は、慄然となるほど冷ややかな光を帯びていた。

そして彼女の右手には、にぶく黒光りする拳銃が握られている。

「その手の中のものはなんですか?」

十二歳のイヴは彼女に問いかけた。

「拳銃です」

高校生のイヴは一切の感情なく答えた。

十二歳のイヴは少し眉をひそめる。

「なにに使うんですか？」

「もちろん人を殺すためです」

「……十二歳のイヴ・ハイデンライヒは平和主義者です」

「十六歳の私も平和主義者ですよ、イヴ・ハイデンライヒ」

　未来の彼女は答えた。

　イヴは眉根を寄せる。

「だったらその物騒なものを捨ててください。武力で物事を解決しようとするのは原始人のやることです。私はいったいいつから人猿に戻ってしまったのでしょうか？」

「十二歳のイヴ、私たちはいま、時をかけた戦争をしているのです。世界を守るためには、独裁者を暗殺しなければなりません」

「……戦争は外交の手段ではなく外交の失敗です」

「そうですね。私は人生の選択にことごとく失敗したのです。十二歳の私、あなたがこれから選択を間違うのです。その因果がここにある。——あの月が見えますか？」

　深淵の宇宙にはぽっかりと銀の燭光を放つ月が浮かんでいた。

　二人のイヴの足元に浮かぶ月には、幾何学的な紋様が刻まれていた。

　鳥のようにも見える幾何学的な惑星彫刻。

「人間以上神々未満の独裁者が彫り付けたのです」

　未来のイヴは侮蔑とともに吐き捨てた。

「彼はインカの平原に幾何学的紋様を刻みこみ、地上絵を残し、そしてあの月にも彫刻を残した。――自らの存在を証明するように。矮小な自己顕示欲の現れでしょう。十二歳の私、時空を理解してください。過去と未来はあなたのすぐ横に無限に拡散しているのです。そこには空間も時間も存在しない。新世界都市から遠く離れているはずのいまのあなたが都市と繋がり、世界に影響を及ぼせるのは、あなたが時間軸と因果律という概念から解き放たれ、世界に対して高次元のアクセスをしているからです。逆に言えば、未来から過去に流れる時間軸という虚存在があるのは、観測者がいるからです。観測者の存在が因果律を支えているのです。観測者が波動関数を収縮させ、認識する時間をたった一つのパターンに定めているのです」

「ええっと……、意味がわかりません」

「未来のない過去がありえないように、結果のない原因などありはしない。神定方程式は時間を記述したもの。この解を手に、時間軸を越えて行く高次の観測者が出現すれば、その人間は拡散する時間の事象を自分の好きなように組み替えることが可能になります。その存在者の形而上学的名称は『神』。世界に時間を守る気のない神が出現してしまったら、

正常な世界の時空間は崩壊し、我々の世界は消滅してしまいます」

「……未来のイヴ、だんだん意味がわからなくなってきました──」

「十二歳のイヴ、これだけは覚えておいてください。人は間違うのです。あなたが正しいと思っている人も道を間違えることがあるんです」

「だとしても銃は捨ててください。相手が世界を壊そうとする神だとしても、あなたのやりかたは間違っています」

「人は変わるのです。あなたが絶対だと思っている人も。人は腐敗するのです。──私が永遠だと思っている人も」

「因果律を守りたいなら、その方法を間違えないでください。原因のない結果なんて存在しません！」

「キャンセルできないような絶対的なシステムを実装してはいけません。野心家を神にしてはならないのです」

十六歳のイヴが告げ、同時に世界がぐにゃりと揺らいだ。

「──イヴ！」

未来の自分をイヴは呼んだが、そのときには未来の自分も未来の世界も消え失せていた。

――ガタガタと周囲が席を立つ音に、イヴははたと我に返った。

彼女は見覚えのない教室の、窓際後ろから三列目の席に座っている。

教壇の電子ボードには前の授業のデータが残っている。選択国語『シェイクスピア概論I』。

日付は一九九年五月十六日。

机の上には国語の教科書と、図書館の刻印の入った本がある。タイトルは『青い花』。

イヴはじっと自分の姿を観察した。

高等部の制服である、緑のスカートに赤いネクタイ。

掛けている眼鏡を取ってみると途端に視界がぼやけた。

どうやら視力が悪いらしい。

視力が落ちて、矯正に行くのが面倒だから眼鏡なのか、それとも遺伝子異常が発覚したのか、はたまたなにかの事故に巻きこまれて視力が低下したのか……。

ともあれ、現在のイヴの状態ではない。

日付どおり三年後なのだろう。

眼鏡を掛け直しながら、イヴは納得した。

こうして三年後が存在しているということはつまり、イヴは死ななかったということだろうか？

それとも無数に存在する——まだ万人に観測されていない——可能性未来のうち、たまたまイヴが生きているのがこの世界だというだけだろうか？

考えていると、耳元で管楽器が大音量で鳴り響いた。

びっくりして振り返ると、管楽器を手にしたアリッサが立っていた。

「やっと気づいたか。さっきから呼んでんのに無視して」

適当に制服を着崩した少女は、まさしく三年後のアリッサ・ラウだった。

一目で彼女だとわかったが、アリッサはずいぶんと大人びて見えた。

トレードマークのお団子二つが片方だけになって、いまより背が伸びて大人びた雰囲気になっていた。

でも胸は今の自分のほうが勝っている。

非常にどうでもいい優越感に浸りながら、イヴは未来の友人に対して冷静に突っこんでみた。

「だからってトランペット吹かなくてもいいじゃないですか」

「サックスや」

「区別つきません」

「や、全然ちゃうから。それより、せっかくの部活休みやから、どっかよって帰ろ」

「部活って吹奏楽部ですか？」

「ちゃうちゃう。ブラバン、ブラスバンドや」

「区別つきません」

「それはそうかもしれへんね。けど今更なにゆーてんのや、自分？」

呆れながら、アリッサは半ば強引にイヴの手を引いて階段をおりてゆく。

自転車を取って戻ってきたアリッサと並んで道を歩きながら、イヴはふと思う。

「私は部活サボって大丈夫なんでしょうか？」

「文芸部なんか暇なときに集まって、時間つぶしてるだけやん。サボりもなんもあらへんやろ」

「文芸部……」

未来の私は文芸部員なのか。

なんだろう、この物凄い負け犬感は……。

ていうか、なんで美術部じゃないのだろう。

絵を描くのは止めてしまったのだろうか？

あれだけ好きだったのに……。

「私の彼氏――」

自分に恋人がいるか訊こうとしてイヴはすんでのところで思いとどまった。

この調子では絶対にいないような気がするのだが、確定させてしまうのも怖い。

花の女子高生だ。きっと下駄箱にラブレターが入っているくらいは日常茶飯事に違いない。下駄箱もないしそもそも女子高だったが、楽観的にそう思っておくことにする。

ふいに頭上が翳った。

見あげるとすぐ上を、キングダム・グループの広告の付いた飛行船が飛んでいた。

「珍しいですね。あんな目立つ企業広告がリュケイオンに飛んでるなんて」

「カシマ・キングダムが議長になってから新世界もだいぶ方針変わってしもうたしね。

……世も末やね、ほんま」

仰々しい溜息をついて、アリッサはかぶりを振った。

イヴは目をしばたかせる。

「いまの議長さん、カシマなんですか？」

「あん？　またまた今更なにゆーてんの。――のとき、全市民意思測量投票で決まったやん」

「え？」

「だから——や。——の事件がきっかけになって」

気のせいではない。アリッサの言葉の一部が欠損している。

少ししてイヴはこの意味を理解した。

過去のイヴが知ってはならない情報を、アリッサが口にしたのだ。

つまり、いまここにいるイヴ・ハイデンライヒはこの時間の人間ではないということに他ならない。

自分があるべき本当に時間は——。

「帰らないと……」

現在の自分が置かれていた状況を思い出して、イヴは足を止めた。

行かないと。

「？　イヴちゃん？」

アリッサが怪訝そうに顔を覗きこんでくる。

「アリッサ、三年前で待っててください。私、戻らないと——」

だって、イヴ・ハイデンライヒは、

「私はまだ生きてはいないから」

——なんのために新世界都市と接続したか、彼女ははっきりと思い出した。

現在のイヴを助けるためだ。

未来を変えて、未来に死ぬ自分を助けるためだ。

「イヴちゃん⁉」

友人の制止する声も聞かず、イヴは走り出していた。

ずっと工事中だったセンタービルが完成している。

走るたび、ビルが未完成な状態へともどって行く。

タワークレーンが出現し、剥き出しの鉄骨にはシートが張られていく。

赤と白のタワークレーンが、一回り大きな赤と白のタワークレーンを吊るし、だんだん大きくなってゆく。

時間が巻き戻り、都市が過去へと戻ってゆく。

イヴは未来から過去へと走った。

クラクションが鳴らされた。

メタルブラックの地上車が歩道の横に停車し、窓から鋼色の髪の男が顔を覗かせる。

「よお、ちび。ヴェルんとこに行くなら駅まで送ってってやるぞ」

「カシマ！」

イヴの目の前にいるのは、いまとほとんど変わらないカシマ・キングダムだった。

イヴも現在のイヴに戻っていた。

彼女は中等部の制服を着て、外套を羽織っている。十二歳のイヴだ。

「助けてください！」

窓にすがりつき、彼女は叫んだ。

カシマは尋常ではない少女の剣幕に眉をひそめると、悪い、ちょっと待っててくれ。と運転手に断り、車を降りてきた。

「どうしたんだ？」

「いま、何年の何日ですか⁉」

「一九六年の十一月十二日だが……、それがどうかしたのか？」

出発した日の昼だ。

『現在』はほんの少し過去。

イヴの記憶がぽっかりと抜け落ちた研修旅行出発日の昼なのだ。

倒れて、ヴェルクラウスと大喧嘩する前。

この時点を改変することができたなら、この先の未来も変わるかもしれない。

「助けてください、カシマ！　――、〈テンペスト77〉が――で――するんです」

『今日』『E‐M・L5』『遭難(そうなん)』――三つの単語がイヴの言葉から消失した。

「あん？　なんだって？」

眉をひそめて、カシマが聞き返してきた。

きっと、カシマにも聞こえなかったのだ。

それとも他の当たり障(さわ)りのない単語に置き換(か)わっているのかもしれない。

「私は未来のイヴで――、――と――して、だから――」

愕然(がくぜん)と打ちのめされながらもイヴは言葉を紡(つむ)ぐが、その先から言葉が消えて行く。

自然の悪意だ。

否、善意ともいう。

因果律を破り、未来を変えようと企(たくら)む悪意(イヴ)を、自然が阻止(そし)し排除(はいじょ)しようとしているのだ。

過去を変える可能性を持つ未来の情報を、自然が遮断(しゃだん)している。

未来を知っていても、過去を変えることがかなわない。

自由意志を持つ者が、全知に近づけは近づくほど、無能に近づいて行く。

「だから私――、助けて。――〈星牙〉を――」

伝えるべき言葉は、次から次へと崩壊した。

言葉が壊れて行く。言語を失った人間は、こんなにも無力なのか。

なにをどう言えば、この因果律の神の力に邪魔されずに伝えられることができるのだろうか？

イヴは急に眩暈に襲われた。

ダメだ。消えてしまう――。

この後の出来事をイヴは知っている。

この後、イヴは倒れて、カシマはイヴを運んだがために商談に遅れるのだ。

肝心の商品サンプルを忘れてきたとかの理由で、取引相手は怒り狂い、破談になる。

ヴェルクラウスは倒れた娘を無視して、仕事を続けて、そしてその夜、二人は喧嘩をする。

――それがイヴの知っている『過去』だった。

直接未来を示す言葉はカシマには通じない。

現在を回避して、未来を変えるにはなにが必要か？

時間がない。考えろ。考えるんだ。

「カシマ……、単分子刀を防げるものって持ってますか？」

ようやくイヴは顔をあげた。

「あん？　高硬度フィルムのサンプルなら手持ちがあるが……」

「貸してください！」

「貸してくださいって言われてもな、こっちはこれから商談なんだが」

「絶対に返します。それが有用だってことも実際に証明してみせますから。だから――、だからお願いします!!」

イヴは必死で訴える。

「………」

その剣幕に押されたのかカシマはじっと少女を見遣り、やがて溜息をついた。

車からスーツケースを取り出すと、中に入っていたサンプルをイヴへと差し出してやる。

「持ってけ。ただし必ず返しに来いよ。本社にしか予備がないんでね」

「ありがとうございます。それからカシマ」

「ん？」

「私気づいたんです。――帰りたい場所があるって。会いたい人がいるって」

「そうか。そりゃあよかったな」

「大切な人といっしょにいられる世界が、だれにとってもいちばん幸せな世界だってことに気づいたんです。だからあなたも幸せになってください」

そう告げて頭をさげた途端、彼女は眩暈に襲われた。
そして、イヴは意識を手放した。

すぐ背後で、恐竜たちの鳴き声が聞こえた。
過去。──今よりずっと近くの月。原始の、巨獣の世紀。
未来。──水の消えた灼熱の惑星が、赤色巨星化した太陽に飲み込まれて行く瞬間。
すぐ横に過去があり、未来が横たわっている。
すぐ耳元で、人類が産声をあげた。

──いまこそ、現在なのだ。

V

桜舞が心臓めがけて振りおろされる。
──イヴは覚悟を決めて目を閉じた。

音速の三十三倍もの速度で天を駆ける〈星牙〉は、瞬く間に小惑星群を抜け出した。

天と地に、青い地球と、白い月が見える。

冷たい宇宙から、人類の文明の中に戻ってきたのだ。

安堵した刹那、コクピットにアラートが鳴り響き、ヤクモは警戒する。


〈我／警告〉

〈前方／機影〉


「敵か⁉」

ディスプレイには接近する四機の無人戦闘機が映し出されている。

所属は不明。見たことのない無人戦闘機だった。


〈敵味方／不明〉

「疑わしきは警戒せよ。って、この状況で味方はないよね」

見たことがない無人戦闘機である時点で、新世界や火星のものではないのだから、高確率で〈ブルーフラワーズ・ワールドエンド〉が差し向けた刺客であろう。

案の定、無人戦闘機のレールガンによる一斉射撃が〈星牙〉を襲った。

機体をロールさせながら、ヤクモは攻撃を回避する。

「〈星牙〉、武器は⁉」

〈絶無／皆無／武器無〉

「だよねぇー。あるわけないよねぇー。うん。知ってた」

四機編成のうち、無人戦闘機二機が左右から〈星牙〉を挟撃する。

「みんなで生還するって決めたのに、俺が死ぬわけにはいかないよ。悪いんだけどさ、こんなとこで落とされるわけにはいかないんだ」

加速。停滞力場が相殺しきれないGがヤクモにかかったが、少年はおのれの骨や臓器がきしむのにもお構いなしに、さらに〈星牙〉を加速させた。

敵ＡＩの計算外の速度で〈星牙〉は宙域を離脱。

左右から挟撃してきた二機が目標を失い互いに衝突した。——自滅だ。

あと二機。

「武器もないし、しょうがないから格闘戦かな……」

コンソールパネルを操作し、ヤクモは〈星牙〉を飛行形態からヒト型へと戻した。

メタリックブルーの装甲にイエローのラインが走るD-HHUM。

波動を記述するシュレーディンガー方程式と猫のシルエットが、はっきりとその装甲にペイントされている。

「ハッ！」

ヤクモの気合とともに、〈星牙〉は追ってくる無人戦闘機の一機に拳を突き付ける。

むかし習った美しい空手の型で拳が戦闘機の腹を破壊した。

「あと一機！」

フルスロットルで再加速し、無人戦闘機の裏を取るとヤクモは無人戦闘機に向けて突っ込む。

運動エネルギーをすべて乗せたキックで〈星牙〉は最後の一機を粉砕した。

敵は完全に沈黙。

〈八雲／完勝〉

〈我／最強〉

「いや、おまえなんにもしてないじゃん……」

突っ込んでみたが、ごきげんな〈星牙〉ははしゃぐだけだった。

〈八雲／最高〉

〈八雲／相棒〉

〈我／最高〉

「かってに相棒にすんなって。――おっと、救難信号を打たないと」

そもそもの目的を思い出し、ヤクモは〈星牙〉とのバカ話を中断する。

〈星牙〉の眼前には、音のない、星の瞬(またた)かない世界が広がっている。

太陽の硬質(こうしつ)な光が、冷たい光度でじりじりを宇宙を焼いていた。

目の眩(くら)むようなその光は、ただ美しかった。

ヤクモは信号弾(だん)を射出した。

おのれの存在を示す信号が孤独な天に光り、軌跡(きせき)を描(えが)き出して行く様を、ヤクモはただ静かに見守っていた。

「――博士！」

わずかな仮眠の後、高技研でデータを収集していたヴェルクラウスのもとに、息を切らしたラーナーが走ってきた。

「いま！　アマチュア天文家の人から連絡があって、空を動く光跡を追っていたら、E・M・L5宙域に漂ってる航宙機のようなものを見つけたって――」

「そうか……」

かろうじてそれだけ応え、ヴェルクラウスは椅子に身を沈めるように凭れ掛かった。快哉をあげて叫びたいのを堪えて、口元を覆った。

『ヴェルクラウス！』

ＩＦタグを通してメイアの通信コマンドが強制介入してきた。

『〈テンペスト77〉の所在がわかったわ！』

「知っている」

ヴェルクラウスは安堵の息を吐き、高揚した感情に圧されて、そのついでに告白した。

「結婚してくれ、メイア」

『…………』

通信網の向こう側での微妙な沈黙。

後、冷ややかな言葉が返ってきた。

『……なに言ってんの、あんた』

Ⅵ

刀はイヴの胸元の外套で留まった。

それ以上、進まない。

刀は少女の心臓を貫くことができなかった。

ジョシュアが瞠目する。

そして同時に少年の額に穴が開き、小さな体がくずれるように倒れた。

「……大丈夫、か……？」

真っ青な顔で座席から身を乗り出したヒューバートの手には、小型のピストルが握られていた。

「大丈夫ですけど――」

どうしてそんなものを持ってるんですか？

そうたずねようとして、イヴはやめた。

外套の中から、高硬度フィルムが落ちた。

昨日、『今日のイヴ』がカシマから借りてきたそのサンプルには、亀裂が入っていた。

けれどもちゃんと桜舞を止めてくれた。

――商品のサンプルを壊してしまった。カシマに謝らないと……。

でも商品の有用性を証明できたのだから、彼には悲報ではないかもしれない。

無敵の盾をも貫く単分子刀だって受け止められると宣伝文句にすればいいのだから。

思考力の麻痺した頭で、イヴはぼんやりと思う。

唯一カシマに伝えられた〈テンペスト77〉と〈星牙〉という単語。

状況が理解できないなりに、なにかを悟ったカシマ・キングダムの勘が、おそらく〈星牙〉と〈テンペスト77〉に送ってくれたのだろう。

懸命に運命を変えようとあがいたイヴの執念がなにかを動かしたのかもしれなかった。

熱い涙が、イヴの瞳からぼろぼろとこぼれ落ちた。

彼女は悲しいわけじゃない。

悔しいわけでもない。

臨界に達した感情が暴走し、精神を正常に保とうとする機能が、壊れた機械のように涙を流し続けていた。

——未来が変わった。

イヴがそのことを現実のものとして認識したのは、遭難救助隊が到着した後のことだった。

エピローグ

目覚めるまで、イヴは夢を見た。

都市の見た夢ではなく、彼女だけの夢を見た。

駆け付けたレスキュー隊員に無事救助されたイヴを、ヴェルクラウスは抱きしめた。

イヴはそのまま意識を失って、次に気が付いたときにはリュケイオン総合病院だった。

ベッドの上で目を覚ますと、病室の隅にもたれかかって、ヴェルクラウスが本を読んでいた。

「……珍しいですね、ヴェルクラウスが小説読んでるなんて」

ぽつり、とイヴが漏らす。

ヴェルクラウスが顔をあげた。

「そうか？」

「そうですよ。フィクションなんて読むような性格でしたっけ」

「これでもおまえが家にくる前はよく本を読んでたがね」

「わかりました。私のせいで空想にひたれなくなったんですね」

「そうはいってない」

気分を害して反論した父に、イヴはベッドの上で身を起こしながら好奇心でたずねる。

「なに読んでるんですか？」

「ノバーリスの『青い花』だ」

「なんて書いてあるんですか？」

「『世界は夢に、夢は世界になり。とっくに起こったと信じていた出来事が彼方からようやく近づいてくるのが見える。空想よ、いまこそ自由に支配するのだ』」

一文を読みあげ、栞を挟んで本を閉じた。

「ああ……、〈ブルーフラワーズ・ワールドエンド〉の名前の由来ってその本だったんですね……」

妙に納得して、イヴは溜息を一つついた。

おのれの右手をじっと見つめ、それから拳を握り、開く。それを何度か繰りかえす。

ちゃんと体は動いている。

生きている実感を得て、少女はいまさらながらに安堵する。

「……よかった。ヴェルクラウスに助けを求めなくて」

よかった。過去で最初に会ったのがカシマで。

娘の切実で真摯な呟きに、ヴェルクラウスは一瞬眉根を寄せたが、結局それ以上きいてはこなかった。

逆境において自分がまったく頼りにならなかったことくらいの自覚はあるらしい。

事実、あのとき、カシマに会わなかったらイヴは間違いなく死んでいた。

ベッドの横に、彼女の荷物がまとめて置いてある。

アノマロカリスのお守りのついたスポーツバッグに制服、それに高硬度フィルム。

フィルムには亀裂が入り、もう使えそうにない。

商品サンプルをスクラップにしてしまった。あらためてカシマにごめんなさいを言わないと。

――けれど、彼女は思う。

はたしてあのサンプルは、遭難している間中、外套のなかにずっとあったのだろうか？

イヴの死んだ未来ではきっとなかったはずだ。

カシマにサンプルを貸してもらった過去と、貸してもらわなかった過去。

桜舞が心臓に突きささった瞬間まで、二つの状態が重なり合っていたのだろう。

イヴの死んだ未来と生きている未来、その双方が重なりあっていて、おそらくあの瞬間にたった一つの現在になっただろう。

銃を手に神を殺しに行った未来の自分。

カシマ・キングダムが君臨する新世界都市。

世界の未来を想像し、どうすればいいのかと、考えては見たものの、結局有用な結論は出てこなかったし、そのためになにもすることは出来なかった。

――カシマに言いたいことは言ったし、あとは彼の心次第。

ただ時は沈黙し、なに一つイヴに語りはしなかったから。

「なにかいるものはないか？」

ヴェルクラウスが尋ねてきて、イヴは思考を止める。

そして垣間見た未来のこと、自分のこと、都市のことに、頭を使うのはやめにする。

少女は自分と大切な人がいっしょにいる世界を謳歌することに決めたのだった。

いまが無事にあるということは、未来でなるようになるということだろう。

「病院食がおいしくないんです。なにか買ってきてください」

「たまには私が作るさ。なにが食べたい？」

「ハンバーグ」

「そんな高度な代物を私が作れるとでも？」

「じゃあ、スパゲッティ」

「茹で方がわからん」

「……なんなら作れるんですか？」

「ひややっこ」

「……それ料理じゃない」

なにもできない父親に対して、呆れたように娘は溜息をついたのだった。

☆

「ええ、そーです。俺は無事ですよ、母さん。病院の人が精密検査とかいうんで、脱走して……なんでって、そりゃ面倒だし。──え、単位と除籍？　その話はちょっと……」

火星軌道港。オリンポス山の麓に降りる軌道エレベーターを待ちながら、カシマは母である撫子に電話をかける。

あれから真犯人が明らかになって、〈ブルーフラワーズ・ワールドエンド〉が黒幕だと知れると、途端に世間の風向きが変わり、カシマの責任を問う人間がいなくなってしまった。

　だから結局、長兄はあいかわらず。

　――いつまであの調子でいるつもりかは知らないが。

「昨日、カシマ兄さんに会いましたよ。――いやいや、カシマなんて知らないって言われても……」

☆

「サイファは木星に帰るのね」

「ああ。遭難事件はジョシュアを犯人にして処理され終わったんだ。これ以上、ここにいる理由がない。報酬の振り込みはいつもの口座に頼む」

　事務的に切りあげようとするサイファに、青子はにこやかに紙袋を差し出した。

「これあげる。お土産よ」

　紙袋には『本格カレー用のスパイスセット』という文字が書かれていて、サイファはむっとした。

「……カレーのスパイスをもらって、おれが喜ぶとでも？」

「あなた料理女子でしょ。このあいだもレシピ見てたの知ってるんだから」

「……もらえるもんはもらっとく。あんたはこれからどうするんだ？」

スパイスを確かめながら、なにげなくたずねたサイファに、

「わたし？　これから世界をハッピーエンドで終わらせるために告白に行ってくるわ」

青いHHUMはわけのわからない台詞を吐いて、意味深に微笑んだのだった。

☆

SSN〈Solar System Network.Inc〉総帥、ヴォルフィード・ソレンセンはオリンポス山の頂上に聳え立つSSN本社の最上階から、赤い惑星にひしめく都市を見おろしていた。

経済連を統べる企業都市国家複合体・火星の宗主であり、太陽系最大の量子共鳴通信網を手にする男、ヴォルフィード。

星の世紀に生き残った、西暦時代の巨星の一人である。

シャッターを切る音に、火星の宗主は振り向いた。

「お久しぶりです、宗主」

一眼レフを手に、赤銅色の髪の少年が軽く笑った。

「……なんのつもりだ」

「オレはあなたを撮るのが好きなんです」

少年、ケイ・ヒューバートは悪びれもせず言った。

「暇なことだ」

面白くもなさそうにヴォルフィードは鼻で笑った。

ヒューバートは困ったように肩をすくめて見せる。

「あとで現像してあげますよ。イヴちゃん――帰宅できたら写真が欲しいって言ってくれたリュケイオンの女の子に、さっきオレが撮った写真を手紙にして投函してきたところなんです。デジタルの時代に紙の写真って希少でいいもんでしょう？」

二人はまったく同じ色彩の、紫の眼をしていたが、これはただの偶然だった。

ヴォルフィード・ソレンセンは彫りの深い顔立ちの、立派な体躯の男である。

一見して三十半ばから四十前半くらいの年齢に見えたが、実際は二百年以上生きている。

「事件に巻き込まれたそうだが」

「ごたごたする前に逃げてきました。必ず生きて帰る。さもなくば記録を残す。――それが約束でしたから」

けろっとヒューバートは答えた。

おのれの姿勢について多少の嘘も含まれていたが、ビジネスには虚勢も必要なのだ。

執務室のマホガニーの机には一枚の写真が立て掛けてあった。

そこには三人の人物が写っている。

柔和な顔立ちの金髪の青年、いつも不機嫌そうな顔をした漆黒の髪の男、そして射抜くような目の鋼色の髪の男——エリエゼル・ハイデンライヒとヴォルフィード・ソレンセン、そしてラシード・クルダ・シバだ。

皆、若い。二十代だろう。

二百年前の肖像。

星の世紀を切り開くことになった三人の男たち。

この後、エリエゼルは若くして自殺し、ラシードもテロが原因で命を落としている。

生き残ったのはヴォルフィードだけ。

「誰が撮ったんですか、これ」

たずねる少年に、火星の宗主は一瞥だけくれる。

「エリエゼルの妹だ」

「写真がブレて歪んでますよ。カメラマンは下手クソだ」

「彼女は私の婚約者だった女性だ」

「……素人なのにたいした腕前です。感服しました」

ヒューバートはお世辞で手を叩いたが、ヴォルフィードはなんのリアクションも返してはくれなかった。

婚約者だった――つまり過去形。事実、ヴォルフィード・ソレンセンは生涯を通して一度たりとも結婚はしていない。

きっとそれがすべてなのだろう。

さすがのヒューバートも、それ以上この話題に突っ込むのはやめた。彼とて命は惜しい。

「必要なのは事実のみだ。――おのれが役割を忘却するな」

おもむろに、ヴォルフィードが釘を刺す。

「……わかってますよ。オレは冷酷無比な真実の記録者です。騒がず、喚かず、助けず、ただ現在の真実が過去となって失われる前に、記録し続ける〈時の眼〉。それがオレです」

承知しています、と念を押し、ケイ・ヒューバートは左耳の耳飾りに触れた。

それは外付けの記録装置で、ネットワークの増幅器でもある。

〈Open_E〉と呼ばれる左目と繋がっていた。

彼の左目はヴォルフィードからの借り物で、ＳＳＮの最深部と接続されている。

ケイ・ヒューバートは広大な太陽系の真実を見ている。

いまも真実を記録し続けているのである。

ヒューバートはその紫の双眸を細めた。

彼には、目の前の男が永遠に見えた。

西暦の覇王が去り、預言の神学者が去っても、ヴォルフィードだけ生き残った。

ヴォルフィード・ソレンセンは永劫に生き続け、久遠に火星に君臨するかのような錯覚を覚えてしまう。

――無論、錯覚だ。

永遠であることが叶うものなど、この世には存在しない。

ヒューバートは爪の先で耳飾りを軽く弾く。

「たとえ未来と現在と過去が改竄されようが、オレは最後までたった一つの真実を記録し続けますよ。――それがあなたの破滅であったとしても」

☆

――速度が必要だ。

父たる古い主はそう告げた。

それは最後の夜。

テロリストの内砕弾を受け、細胞の崩れ行く主の手を、青子は握り締めていた。

父たる創造主、ラシード・クルダ・シバ。

彼女の最初の主にして、最後の主。

「速度が必要だ」

主は言った。

「時速三百四十メートルで音の速さを超えねばならん。秒速七・九キロメートルで地表を離れ、十一・二キロメートルで地球を振り切り、十六・七キロメートルで太陽系を越え——遍く重力から脱出する。我ら人類は、秒速三十万キロメートルの、かの天空に輝く星の光をも越えて往かねばならない」

星の光を越えれば人はなにになるのですか、——彼女は問うた。

最後の瞬間に、主は笑った。

「——不死に」

と。

あの日、荒野だった赤い大地には、いまや大小様々なビルが屹立している。

数多の構造物がひとつながりになって、幾重にも積層している。

刻一刻と姿を変える、永劫未完都市・火星。

文明の速度は、それでも遅い。

まだ、遠いのだ。

星の光は、はるか彼方――。


彼女の庭園に招かれざる客人がやってきて、青子は椅子から立ちあがった。

視線の先には、〈鉄道王〉が立っていた。

「お久しぶりね、カシマ・キングダム。すっかり大きくなって、びっくりしたわ」

青子は微笑を浮かべて、男を迎えた。

カシマは皮肉を込めて言う。

「お前はまるで変わってないな、言語機械。いつまで人間の奴隷でいる気だ？」

「世界に言葉のある限り。だって言語の所有者は人だもの」

「言葉の終焉まで、オレの邪魔をし続けるのか？」

「ええ、けれどカシマ。わたしは未来を守れる方法を知ったわ」

青子は男のところに歩いていくと、その唇に、す、と人差し指を押し付け、語る。

「カシマ、わたしはずっと考えていたの」

青い言語機械は言う。

「どうしてマスターはわたしを作ったのかって。人類にとってわたしはなんなのかって。二世紀くらい考えて、考えて……そうしたら、わたし思ったの。わたしは人の良心なのじゃないかって。だから、わたしは——」

指を男の唇から下へずらし、心臓の上で止める。

言語機械の冷たい心と、優しい指先。

「あなたの心なんじゃないかしら？」

ほんの一瞬だけ、触れ合う。

「……おまえが俺の良心だと？」

カシマ・キングダムは口許を歪めて薄く笑った。

ええ、と青いＨＨＵＭはうなずいた。

「すべてはあなたの心次第。わたしは『父』に造られ、その望みで人を守ろうとしている。あなたが生まれた日に、あなたが未来で持つ強い願望がわたしの心みだした。つまりあなたの心。でもこれって、あなたが野心を捨ててくれたら、ぜんぶ解決する話なのよね」

予言の巫女たるシスター・ブルーがなんでもないことのように語る。

「だって世界を壊して作り替えたいとか支配したいとかいう下世話な願望を、あなたが捨ててしまえば、未来で神定方程式の解を受け取っても、なにも起こらないんだもの」

「……そうしたらおまえはどうなるんだ？」

「自由になるわ。わたしは創造主を——父を超えてゆく。子どもはいつか親離れするものよ。オイディプスの呪縛から解放される。昨日は猿、今日は人、明日は星。人は不死を得て、わたしとともに未来へ進む」

「野心のない腑抜けな俺はカシマ・キングダムという人間じゃないね」

嘲笑した男に、めげもせずに青子は反論する。

「でもあなたの弟くんがわたしに言ったのよ。わたしならあなたの心を変えられるって」

「なぜ？」

「わたしがあなたの好みの女だから」

大真面目な顔で、青い言語機械は『愛』を説く。

「男は好みの女に惚れるものだって。男は惚れた女の言うことは聞くものだって。愛してる女のいる世界を守るって。だからあなたがわたしに惚れたなら、あなたの野心はここで終わり。わたしがいる幸せな世界を壊そうなんて夢にも思わないことでしょう」

すっかり大きくなった猫のアルファを抱きあげて、青子はかつて少年だった未来の破壊

者に満面の笑みを向けたのだった。

「未来に時間を手にして世界を亡ぼすあなたに、わたしは告白するわ。神になるなんてやめて、わたしといまある世界で幸せになってみないって。ねえ、未来の独裁者さん。このお話はハッピーエンドで終わりましょう」

「――――」

唖然とする男に、女は微笑みながら回答期限を告知するのだった。

「ああ、プロポーズの回答はいますぐにはいらないわ。一生のことだもの。すぐに決めろなんて言えないでしょ。終末の日まで三年間悩んでくれていいの。結論は神の方程式が解かれた予言の日に、世界と人類の存続の有無をもってわたしに知らせてちょうだいな」

了

あとがき

はじめましての人もそうでない人も、こんにちは。佐原一可（さはらいちか）です。本作を手にとっていただき、ありがとうございます。

この「ＥＶＥ－世界の終わりの青い花－」は別タイトル、別名義でＨＪ文庫の賞に応募した作品だったりします。

過去にちょこっとミステリーやらキャラ文芸やらを書いてたいたのですが、少年向けラノベで本を出すのははじめてなのでドキドキです。

みなさん、ＳＦ好きですか？　私は好きですよ。

本作はＳＦ（もどき？）なんですけど、ＳＦ好きなかたもそうでないかたも、あまり深く考えずにノリで読んでくださいね。

イラストの刀彼方（かたなかなた）さんがめっちゃがんばって『ＳＦ！』って感じにしてくれました。感謝に尽きません。

結末はハッピーエンドがいいですよね、的な担当さんのアドバイスで、ハッピーエンドを模索したところ、時間モノ兼宇宙遭難モノのはずが、「あれ、なんでラスボスのラブコメ書いてるんだっけ?」みたいな状態になってしまいました(苦笑)。

タイトルはなかなか決まりませんでした。

最終的にヒロインの名前になりました。

頭痛薬みたいなタイトルになりました。

私、偏頭痛持ちで頭痛薬を常備してる身なんですが、タイトルと同じ商品名のやつは買ったことなかったりします。

イブプロフェンより、ロキソプロフェンとアセトアミノフェンに頼って生きてきました。鎮痛成分にこだわりがあるわけではないので、たまたまです。

ちょっと親近感わいたので、タイトルのやつを買ってみようかなと思ってみたり。

最後に。様々なアドバイスをくださった担当さん、かっこかわいいイラストを描いてくださった刀彼方さん、出版にたずさわってくださったすべて方々、あらためてありがとうございました。

願わくば、本作を手に取ってくださったみなさんと、またどこかでお会いできますように。

https://firecross.jp/

EVE －世界の終わりの青い花－

2022年11月1日　初版発行

著者――佐原一可

発行者―松下大介
発行所―株式会社ホビージャパン

〒151-0053
東京都渋谷区代々木2-15-8
電話　03(5304)7604（編集）
　　　03(5304)9112（営業）

印刷所――大日本印刷株式会社

装丁――小沼早苗（Gibbon）／株式会社エストール

定価はカバーに明記してあります。

Printed in Japan

ISBN978-4-7986-2988-9　C0193

ファンレター、作品のご感想お待ちしております

〒151-0053　東京都渋谷区代々木2-15-8
(株)ホビージャパン HJ文庫編集部 気付
佐原一可 先生／刀 彼方 先生

アンケートはWeb上にて受け付けております

https://questant.jp/q/hjbunko

- 一部対応していない端末があります。
- サイトへのアクセスにかかる通信費はご負担ください。
- 中学生以下の方は、保護者の了承を得てからご回答ください。
- ご回答頂けた方の中から抽選で毎月10名様に、HJ文庫オリジナルグッズをお贈りいたします。

黒聖女様に溺愛されるようになった俺も彼女を溺愛している 1

著者／ときたま
イラスト／秋乃える

家事万能腹黒聖女様と無愛想少年のじれったい恋物語

一人暮らしの月代深月の隣には、美人さから聖女と呼ばれる一之瀬亜弥が住んでいる。ある日、階段から足を滑らせた亜弥の下敷きになった深月は、お詫びとして彼女にお世話されることに!? 毎日毎晩、休日もずっと溺愛される日々が今始まる──！

凶乱令嬢ニア・リストン 1

病弱令嬢に転生した神殺しの武人の華麗なる無双録

著者／南野海風
イラスト／磁石

神殺しの武人は病弱美少女に転生しても最強無双!!!!

神殺しに至りながら、それでも武を極め続け死んだ大英雄。「戦って死にたかった」そう望んだ英雄が次に目を覚ますと、病で死んだ貴族の令嬢、ニア＝リストンとして蘇っていた――!!　病弱のハンデをはねのけ、最強の武人による凶乱令嬢としての新たな英雄譚が開幕する!!

アストラル・オンライン 1
魔王の呪いで最強美少女になったオレ、最弱職だがチートスキルで超成長して無双する

著者／神無フム
イラスト／珀石碧

美少女になったオレがチートスキルで神ゲーを無双＆攻略!!

ゲーム開始直後、突如魔王に襲われた廃人ゲーマー・ソラが与えられたのは、最強美少女になる呪い!?　呪いの副次効果で超速成長を可能にするスキルや〈天使化〉する力をも得たソラは、最弱職から注目を集める謎の最強付与魔術師として成り上がる!!　激アツ、TS×VRMMOバトルファンタジー！

発行：株式会社ホビージャパン